UN PROTECTEUR POUR ALABAMA

UN PROTECTEUR POUR ALABAMA (FORCES
TRÈS SPÉCIALES)

SUSAN STOKER

DU MÊME AUTEUR

Un Sanctuaire pour Sidney

Un Sanctuaire pour Piper

Un Sanctuaire pour Zoey

Un Sanctuaire pour Avery

Un Sanctuaire pour Kalee

Hawaï : Soldats d'élite

Un paradis pour Élodie

Un paradis pour Lexie (10 Aug 2021)

Un paradis pour Kenna (Oct 2021)

Un paradis pour Monica

Un paradis pour Carly

Un paradis pour Ashlyn

Un paradis pour Jodelle

Delta Force Heroes Series

Un héros pour Rayne

Un héros pour Emily

Un héros pour Harley

Un mari pour Emily

Un héros pour Kassie

Un héros pour Bryn

Un héros pour Casey

Un héros pour Wendy

Un héros pour Mary

Un héros pour Macie

Un héros pour Sadie

Un héros pour Annie (Feb 2022)

Mercenaires Rebelles

Un Défenseur pour Allye

Un Défenseur pour Chloé

Un Défenseur pour Morgan

Un Défenseur pour Harlow

Un Défenseur pour Everly

Un Défenseur pour Zara

Un Défenseur pour Raven

Ace Sécurité

Au Secours de Grace

Au Secours d'Alexis

Au Secours de Bailey

Au Secours de Felicity

Au Secours de Sarah

CHAPITRE UN

Deux ans

— Sortir ! Veux sortir !

— Ta *gueule*, sale pute ! Je te laisserai sortir quand tu auras fermé ta bouche et pas avant ! Tu m'entends, petite merdeuse ?

Les pleurs d'Alabama Ford Smith redoublèrent. Elle ne comprenait pas pourquoi Maman ne voulait pas la laisser sortir du placard. Elle avait faim, il faisait noir et elle avait peur dans la petite pièce.

— Mamaaaaaaan.

Alabama ne dit plus rien et colla son oreille contre la porte, mais elle n'entendit pas un bruit. Maman était-elle toujours là ? Elle essaya d'atteindre la poignée de la porte, qui échappa à ses petits doigts d'enfant. La poignée n'aurait pas tourné, de toute façon ; la porte était verrouillée de l'extérieur.

Après avoir passé une heure à crier et à pleurer, Alabama s'allongea par terre parmi les chaussures, les boîtes, les chapeaux et les gants qui sentaient le moisi. Elle renifla. Maman était sérieuse. Alabama ne pourrait pas sortir de cette pièce si elle ne se taisait pas. Elle ne savait pas ce qu'était une pute, mais cela devait être une méchante petite fille comme elle. Elle ferait plus d'efforts pour faire plaisir à sa mère.

Six ans

— Alabama Ford, combien de fois vais-je devoir te dire de te la fermer ? C'est trop ! Si j'entends encore un mot, tu vas dérouiller !

— Mais, Maman...

— Putain, je t'aurai prévenue...

Alabama sentit la main de sa maman la frapper sur le côté du visage juste avant de dégringoler les trois marches qui menaient de la cuisine à la pièce à vivre. Elle vit Maman qui s'approchait d'elle avec un regard meurtrier. Elle ne parvint pas entièrement à éviter le coup de pied qui visait sa tête. Il rebondit, ce qui ne fit qu'enrager Maman davantage. Le coup suivant provint du même pied, contre ses côtes cette fois. Alabama fit de son mieux pour se rouler en boule en essayant de protéger sa tête. Elle savait qu'elle n'était pas la fille la plus intelligente qui soit, mais elle se disait que si elle voulait être capable de marcher le lendemain matin, elle devait aussi se protéger les genoux. Maman aimait lui filer des coups de pied, puis elle riait quand Alabama essayait de boitiller à travers la maison.

— Espèce de sale pute. Pourquoi es-tu aussi stupide ? Je t'ai *dit* de la fermer. Je vais te faire passer l'envie de parler sans qu'on t'adresse la parole ! Ne dis plus rien à moins que je ne te le demande.

La bouche de Maman écumait alors qu'elle détachait tous ses mots, les ponctuant d'un coup de pied. Alabama finit par comprendre. Elle se tut. Elle avait beau n'avoir que six ans, elle comprenait que Maman était sérieuse, qu'elle avait pesé tout ce qu'elle avait dit. Ce fut l'année où Alabama cessa de parler à moins qu'on ne lui pose une question directe.

Onze ans

— Alabama, tu veux parler au gentil policier ?

Alabama leva les yeux vers cet agent de police sévère. Il était grand et musclé, et semblait tellement fort. Elle renifla un peu en essayant d'être courageuse. Dans la matinée, Maman l'avait frappée avec la poêle qu'elle tenait à la main. Alabama savait que c'était sa faute. Elle avait commis l'erreur de demander à Maman quand elle rentrerait plus tard dans la journée. Elle *savait* qu'elle n'aurait pas dû. Combien de fois Maman lui avait-elle dit de ne jamais lui parler ? Trop pour les compter. Mais Alabama lui avait quand même posé la question. Elle savait que Maman avait visé la tête, mais la fillette s'était tournée au dernier moment et la poêle était entrée en collision avec son bras. Au cours de la journée, son membre avait pris une teinte violacée inquiétante. Bien entendu, un professeur s'en était aperçu et avait insisté pour l'emmener chez la principale.

La principale était une femme gentille, mais elle ignorait comment se comportait Maman. Comme tout le monde. Alabama commençait à croire que Maman était folle. Ce n'était pas très gentil de penser cela de sa propre mère, mais qu'aurait-elle pu croire d'autre ? Après avoir vécu onze ans à ses côtés, Alabama avait fini par comprendre que les autres petites filles n'avaient pas à s'inquiéter que leur mère les frappe si elles parlaient à haute voix à la maison. Elles n'avaient pas à craindre qu'une poêle les vise à la tête si elles avaient l'audace de tousser trop fort.

Alabama se dit que c'était sa dernière chance. Ce policier la protégerait peut-être. Les policiers étaient censés protéger les gens. Elle lui raconta tout. Que Maman l'enfermait dans le placard quand elle sortait, qu'elle n'avait pas le droit de parler à la maison, que Maman la frappait tout le temps avec ce qui lui tombait sous la main. Alabama vida son sac devant l'agent de police dans l'espoir qu'il l'emmène et la confie à une famille correcte avec une maman gentille. Quand il s'agenouilla devant elle, lui prit les mains et lui sourit, Alabama comprit qu'elle pouvait enfin se détendre. Cet homme l'aiderait. Il la protégerait.

Douze ans

Alabama écoutait les gens qui marmonnaient autour d'elle. Elle était allongée sur le lit, les yeux fermés. Elle repensa à ce jour, à l'école, un an auparavant. Elle avait l'impression d'avoir vieilli de dix ans entre-temps. À douze ans, elle était trop jeune pour pouvoir gérer cette situation.

— Tu as entendu ce qui s'est passé ? Que c'est sa mère qui lui a fait ça ?

— Pas possible ! Merde. Tu crois qu'elle l'avait déjà fait ?

— Oh, que oui. Regarde-la, Betty. Personne ne réussit quelque chose comme ça du premier coup. Je crois qu'elle s'acharne sur cet enfant depuis des années. Il ne faut pas qu'elle y retourne. Tu le sais, je le sais. Merde, je crois que même sa mère le sait. Je pense que c'est la raison pour laquelle elle lui a fait ça.

Il y eut un silence. Alabama ne parvint pas à se rendormir, même si c'était ce qu'elle aurait souhaité de tout son cœur. Elle aurait voulu ne plus être là. Elle avait fait confiance au policier l'année précédente. Il lui avait dit que tout irait bien. Il avait dit qu'elle n'aurait plus à s'inquiéter de sa mère. Il avait menti. Sept jours après qu'elle eut tout raconté aux forces de l'ordre, elle était retournée à la maison. Maman n'avait pas apprécié le fait qu'elle ait parlé. Apparemment, elle avait dû subir des entretiens avec la police et les services de protection de l'enfance, qui voulaient s'assurer qu'elle était une bonne mère. Alabama savait que Maman pouvait se montrer gentille si elle le voulait. Manifestement, elle avait convaincu tout le monde. Alabama était une pré-adolescente typique qui ne faisait que se rebeller. Maman avait raconté à tout le monde qu'elle s'était frappée elle-même avec la poêle pour attirer l'attention. Alors, Alabama lui avait été renvoyée.

Les choses avaient empiré après cela. Alabama avait appris à ne jamais prononcer un seul mot. Elle gardait la bouche fermée. Maman faisait peur. Alabama avait appris qu'elle devait se protéger. Personne d'autre ne le ferait pour elle.

Maman avait fini par perdre la tête. Alabama était dans sa chambre avec la porte fermée quand elle était rentrée chez elle après le bar. Maman y avait fait irruption et avait commencé à s'acharner sur elle. Elle avait crié des choses vraiment horribles. Elle avait dit à Alabama qu'elle était une erreur, qu'elle n'aurait jamais dû naître, qu'elle n'était pas désirée. Manifestement, elle lui avait donné le nom le plus stupide qu'elle avait trouvé, Alabama étant le nom de l'État où Maman était tombée enceinte, et elle lui avait même donné pour second prénom la marque de la foutue voiture dans laquelle elle avait été conçue. Alabama ne savait même pas que Smith n'était pas le nom de famille de Maman, qu'elle l'avait inventé parce qu'elle ne voulait pas que le bébé porte *son* nom.

Maman avait quitté la pièce et elle était revenue un moment plus tard avec la poêle redoutée. Ce n'était que lorsqu'Alabama s'était réveillée dans l'ambulance qu'elle avait compris, en se basant sur ce que les urgentistes disaient, que Maman lui avait cassé la mâchoire. D'ailleurs, elle lui avait également brisé la majeure partie du visage. Son nez, sa pommette et même l'une de ses orbites avaient été fêlés.

Allongée sur son lit d'hôpital, la mâchoire brochée, Alabama, douze ans, se fit une promesse. Quoi qu'il puisse lui arriver dans le futur, elle ne ferait plus jamais confiance à quelqu'un pour la protéger. Si sa mère ne voulait pas d'elle, si la police ne pouvait pas ou ne voulait pas la protéger... qui le ferait ? Elle n'était personne. Elle avait un nom de famille inventé et un prénom basé sur l'État dans lequel sa mère l'avait conçue.

Seize ans

Alabama, seize ans, descendait le couloir de son lycée la tête baissée, serrant ses livres contre elle. Un autre anniversaire avait passé sans que personne ne le sache. Personne ne le lui avait souhaité ni ne lui avait offert un cadeau. À l'école, elle était la fille « bizarre ». Elle ne parlait jamais à personne. Elle gardait la tête baissée et ne posait jamais de problème. Elle réussissait à tous ses examens et elle aimait l'anglais, mais elle refusait de répondre aux questions durant les cours. Alabama ne parlait jamais à ses camarades. Elle allait en cours tous les jours, se mêlait de ce qui la regardait et restait seule. Elle ne causait aucun souci à l'école ni dans sa famille d'accueil.

La mère adoptive d'Alabama essayait de lui parler, de la pousser à s'ouvrir aux autres, mais sans résultat. Alabama avait retenu la leçon. Elle ne parlait que lorsqu'on lui adressait la parole et seulement lorsque c'était absolument nécessaire. Elle avait trouvé un travail à la bibliothèque du quartier, à ranger les étagères. Elle économisait pour le jour où elle aurait dix-huit ans et voudrait vivre seule. Elle ne dépendrait plus jamais de personne. Elle était seule.

CHAPITRE DEUX

Christopher Powers, surnommé Abe, balaya la pièce du regard et soupira. Il était temps de rompre avec Adélaïde. Après deux mois de relation, il prenait conscience qu'en réalité, il ne l'appréciait pas vraiment. Il se disait qu'il était resté avec elle aussi longtemps par paresse – et parce que cette fille était un bon coup. Courir après les femmes l'ennuyait. C'était simplement un jeu. Abe savait qu'il était beau. Il n'était pas vaniteux, mais il avait connu son lot de femmes au fil des années... trop, d'ailleurs, pour être honnête.

Abe était un membre des Forces Spéciales. Il avait l'habitude que les femmes l'implorent de coucher avec elles dès qu'elles l'apprenaient. Or il avait vu comment son camarade Matthew, aussi connu sous le nom de Wolf, s'était casé avec l'amour de sa vie. Caroline n'était pas comme la grande majorité des femmes de sa connaissance. Elle était intelligente et jolie, même si elle ne se percevait pas ainsi, et plus forte qu'il ne l'aurait cru. Et elle détestait Adélaïde. Il aurait dû écouter Caroline quand elle avait essayé de lui faire comprendre qu'Adélaïde n'était pas assez bien pour lui, mais les prouesses qu'elle accomplissait avec sa langue lui plaisaient trop pour qu'il rompe.

Abe avait rencontré Caroline à bord d'un avion, pas moins. D'ailleurs, elle lui avait sauvé la vie ; la sienne, et celle de tous les autres passagers. Sans la profession de chimiste de Caroline, ils se seraient tous fait droguer et les terroristes auraient tué tous les occupants de l'avion pour accomplir leur mission. Caroline et Wolf avaient traversé un enfer, mais en fin de compte, tout s'était bien terminé.

Abe songea à Wolf et à Ice. Cela n'avait pas été facile – ce n'était rien de le dire. Survivre à l'attaque terroriste n'était que la partie émergée de l'iceberg. En rentrant d'une mission, l'équipe des Forces Spéciales avait appris que Caroline avait été placée dans une planque fédérale après une tentative d'assassinat. Les hommes avaient intégré son service de protection, mais les terroristes l'avaient retrouvée. Ils avaient capturé Caroline, puis l'avaient torturée et battue pour essayer de découvrir comment elle avait mis à jour le complot terroriste à bord de l'avion. L'équipe avait dû la repêcher dans l'océan après que les terroristes l'eurent jetée par-dessus bord avec des poids fixés à ses chevilles.

Cette épreuve avait été terrifiante pour l'équipe. Ils savaient à quel point Wolf aimait Caroline et ils s'étaient tous sentis impuissants quand ils l'avaient vue se faire torturer et quasiment tuer.

Certes, Abe aurait aimé vivre une relation comme celle de Caroline et de Wolf, mais il ne voulait assurément pas que sa compagne connaisse l'enfer que Caroline avait traversé. Il ne pensait pas être en mesure de le supporter. Il détestait voir des femmes et des enfants souffrir ; il fallait les protéger par tous les moyens.

Il se disait que c'était pour cela qu'il était membre des Forces Spéciales. Abe avait toujours voulu intégrer l'armée et servir son pays, mais ce n'était que lors de la formation de base, quand il avait vu les SEAL s'entraîner, qu'il avait décidé de faire partie de ce groupe d'élite.

L'équipe d'Abe était bel et bien l'une des meilleures qui existent. Ils avaient effectué trop de missions pour pouvoir les compter et même si ce n'était pas une partie de plaisir, elles étaient plus que nécessaires.

Abe avait rencontré Adélaïde au *Bar et Grill Aces*, leur repaire habituel, un soir, après une mission.

Wolf, Mozart, lui et les autres gars s'étaient copieusement torchés. Abe se disait que c'était parce qu'il était avec ses amis qu'il avait accepté la proposition d'Adélaïde et qu'il était rentré avec elle. En revanche, il avait refusé d'emmener son autre copine. Peut-être que certains mecs aimaient ce genre de choses, mais Abe préférait une femme à la fois, depuis toujours, et cela ne changerait pas. Il savait que c'était en partie à cause de son père, mais il n'avait jamais cherché à analyser la chose.

Abe et Adélaïde avaient passé la majeure partie de la nuit au lit. Elle avait accepté d'essayer à peu près tout, et sur le moment, c'était exactement ce dont il avait besoin. Il avait de la tension à évacuer, et le sexe – beaucoup de sexe – s'imposait comme une solution idéale.

Or à présent, il se rendait compte qu'Adélaïde était vraiment une garce. Il ne voulait pas comparer à Caroline toutes les femmes qu'il rencontrait, mais c'était plus fort que lui. Il était planté là, à écouter sa copine commérer avec ses collègues, se disant qu'il aurait aimé se trouver ailleurs. Comment avait-il pu tomber aussi bas ? Cela ne lui ressemblait pas du tout.

— Vous avez vu ce qu'elle a apporté ?

— Je sais, c'est ridicule !

— Je crois que c'est parce qu'elle ne sait pas cuisiner du tout. Mais sérieusement, elle n'aurait pas pu commander quelque chose ?

Abe soupira profondément. Bon sang. Qu'est-ce que cela pouvait faire à Adélaïde et ses collègues acerbes si quelqu'un avait apporté un saladier de légumes pour le brunch au lieu de cuisiner quelque chose ou d'acheter un plat ? Seigneur. Elles n'avaient rien de mieux à faire ?

— Adélaïde, je vais aller me chercher à manger. Tu veux quelque chose ?

Certes, il était sur le point de la larguer, mais en attendant, il la traitait avec égards. Cela faisait partie intégrante de son être. Il n'aurait jamais manqué de respect à Adélaïde en rompant avec elle devant ses amis et ses collègues, mais cela viendrait... et relativement vite.

— Non, merci, mon chéri, tu sais que je fais attention à ma ligne.

Adélaïde se hissa pour se blottir contre lui, s'assurant de frôler son bras avec ses seins.

— Je te montrerai ce dont j'ai envie plus tard. Dépêche-toi, je t'attends.

Abe s'écarta prestement et parvint à s'échapper sans devoir subir un baiser. Il observa avec dégoût le rouge dont elle s'était bariolé la bouche plus tôt dans la soirée. N'était-elle pas consciente du goût horrible qu'il avait ? Abe avait horreur qu'il s'étale sur ses lèvres lorsqu'Adélaïde l'embrassait. Il se disait qu'elle le faisait exprès, en signe de possession. Il renifla. C'était *lui* qui était censé être le dominant dans leur relation, mais Adélaïde donnait un tout autre sens à ce mot. Plus il y songeait, plus il devenait clair qu'elle ne l'aimait pas pour lui-même ; il aurait pu être n'importe qui. Elle était seulement intéressée par son prestige de soldat d'élite et sa beauté. Oui, le temps était venu de rompre.

Abe se dirigea vers la table qui croulait sous les victuailles. La société d'Adélaïde tenait son banquet annuel afin de remercier ses employés de leurs performances durant l'année écoulée. L'agence immobilière Wolfe Family était la meilleure de leur petite ville de Riverton et Adélaïde comptait parmi ses agents les plus efficaces. Abe admettait qu'elle était en droit de ressentir un brin de vanité, mais cela ne suffisait pas pour lui donner envie de rester avec elle.

La famille Wolfe était dans l'immobilier depuis des années. Ils essayaient de garder leur société aussi régionale que possible, mais c'était plus un souhait qu'un véritable état de fait. Abe vivait à Riverton depuis longtemps et il ne connaissait pas la plupart des personnes présentes.

Abe intégra la petite file d'attente devant le buffet de plats appétissants. Il recula d'un pas afin d'éviter de se faire bousculer par un homme qui ne regardait pas où il allait, et il écrasa le pied de la personne qui faisait la queue derrière lui.

Aussitôt, il s'excusa en se retournant.

— Je suis désolé. Ça va ?

Après un coup d'œil appuyé à celle dont il venait d'écraser le pied, il en oublia ce qu'il était en train de dire.

Cette femme était magnifique. Elle ne semblait pas avoir essayé de se faire belle pour l'événement, ce qui ne faisait qu'accentuer sa beauté naturelle. Elle lui arrivait à peu près au menton et portait des cheveux bruns coupés aux épaules, retenus en arrière par un bandeau, même si quelques petites mèches échappées de l'épaisse bande de cuir venaient encadrer son visage. Manifestement, elle portait très peu de maquillage, principalement autour des yeux et sur les lèvres, où semblait briller du gloss. L'absence de rouge à lèvres était un point fort pour lui, particulièrement quand il songeait au penchant qu'avait Adélaïde pour s'en badigeonner.

Abe poursuivit son observation de cette femme fascinante qui se tenait derrière lui. Elle portait un jean et un haut aux manches à volants, décolleté mais pas assez pour être provocateur. C'était sexy, laissant libre cours à l'imagination. Abe percevait seulement une suggestion de ses courbes. Une paire de sandales à fleurs dévoilait ses orteils au verni rose clair. Tout en elle retenait l'attention d'Abe.

Soudain, il se rendit compte qu'il lui avait posé une question, mais qu'elle n'avait pas répondu. Il essaya de la regarder dans les yeux, mais elle avait baissé la tête. Il vit que ses joues étaient légèrement teintées. Mon Dieu, elle rougissait ? Quand avait-il vu une femme rougir pour la dernière fois ? Le mâle alpha qui sommeillait en lui se réveilla et en prit note. À l'évidence, elle était timide et cela la rendait encore plus attachante.

Abe répéta sa phrase tout en avançant lentement dans la file.

— Je suis vraiment désolé. Je vous ai fait mal avec mes grands pieds ?

Il aurait voulu la forcer à le regarder par la pensée.

La jeune femme fascinante se contenta de secouer la tête, refusant de lever les yeux.

— Si vous ne me regardez pas, je vais croire que vous me mentez pour m'épargner, la taquina-t-il en espérant parvenir à apercevoir la couleur de ses yeux.

— Je vais bien, dit-elle d'une voix tellement basse qu'il faillit ne pas l'entendre.

Elle avait une voix rauque, comme si elle ne l'avait pas utilisée depuis longtemps, et cette note basse ne la rendait que plus aguichante. Ce son ébranla Abe, s'installant dans son cœur. Étonnamment, il sentit les poils de ses bras se hérisser. Ouah.

Il se pencha et tenta de la regarder dans les yeux. Elle pointa légèrement le menton comme pour lui dire : « Regardez. » Abe se retourna pour constater que la file avait avancé et que c'était à son tour d'accéder à la table. Il prit une assiette, pivota vers la femme mystérieuse et la lui tendit. Il eut enfin l'occasion de voir ses yeux quand elle leva vers lui un regard confus. Ses prunelles étaient gris pâle, striées de lignes bleues. Il se dit que sous une autre lumière, elles sembleraient probablement plus bleues que grises. Pour répondre à sa question silencieuse, Abe précisa :

— Pour vous.

Il la regarda prendre l'assiette avec précaution, comme s'il lui offrait une bombe. Abe en choisit une pour lui au sommet de la pile et essaya de lui faire la conversation alors qu'il progressait.

— Que me conseillez-vous ? Qu'avez-vous apporté ?

Comme elle commençait à se servir sans lui répondre, Abe décida de plaisanter.

— Laissez-moi deviner votre plat... hum, les rouleaux faits maison ? Non ? Pourquoi pas la salade de pâtes ? Oh, je sais... ce stupide saladier de légumes ?

Il comprit son impair en la voyant se mordre la lèvre et détourner les yeux, consternée. Oh, zut.

— Excusez-moi. Je suis désolé. J'ai dit ça sans réfléchir.

Elle ne dit rien, mais se contenta de hausser les épaules. On aurait dit qu'elle voulait être n'importe où sauf à côté de lui. Il essaya désespérément de revenir en arrière.

— Sérieusement, je suis désolé. C'était particulièrement impoli. Seigneur ! Vous devez me prendre pour le pire connard du monde. J'adore les légumes.

Comme elle ne répondait toujours pas, Abe transféra son assiette dans une main. De l'autre, il lui attrapa délicatement le coude et l'entraîna à l'écart. Ils avaient tous les deux rempli leurs assiettes et avaient atteint le bout de la table.

— Regardez-moi.

Devant ce ton autoritaire, elle leva enfin les yeux.

En la voyant réagir à sa demande, Abe réprima un sentiment de triomphe. Dieu, ce n'était pas le moment pour son côté alpha de pointer le bout de son nez, mais au fond, il se réjouissait de la voir réagir à ses paroles.

— Je suis désolé, d'accord ?

— D'accord, répéta-t-elle à mi-voix, hochant la tête en même temps pour appuyer sa réponse.

Captivé par le son de sa voix, même s'il ne l'avait entendue prononcer que quelques mots, il énonça fermement :

— Écoutez, c'est déjà mieux que ce que j'ai apporté, personnellement. Je ne suis qu'un pique-assiette. Au moins, *vous* avez contribué.

Le sourire hésitant qui apparut sur le visage de la jeune femme valait bien l'embarras qu'Abe ressentait à l'idée d'avoir gaffé.

— Je ne sais pas cuisiner, dit-elle. Croyez-moi, il valait mieux que j'apporte des légumes au lieu de tenter quoi que ce soit, admit-elle d'un ton penaud, s'adressant à lui de sa petite voix rauque.

Il était parvenu à lui soutirer quelques mots, ce qui représentait une petite victoire. Abe lui fit un grand sourire.

Sans lâcher son assiette, il tendit l'autre main en

disant :

— Je suis Christopher. Mes amis m'appellent Abe, mais les deux me conviennent.

— Alabama, répondit poliment la femme.

Elle ne lui serra pas la main, ne lui posa aucune question sur son nom ou son surnom.

Alabama serrait l'assiette des deux mains comme si sa vie en dépendait. Mais il en fallait plus pour le décourager. S'efforçant de maintenir le dialogue, il lui adressa simplement un mouvement du menton.

— Je suis très content de vous rencontrer, Alabama. Je devine que vous travaillez ici aussi ?

Il vit son visage perdre ses couleurs et elle détourna le regard, comme si elle cherchait une échappatoire. Elle se mordilla la lèvre inférieure. Abe devina qu'elle allait lui filer entre les doigts avant même qu'elle ne reprenne la parole.

— Il faut que j'y aille, déclara-t-elle.

Alabama ne chercha même pas à s'excuser ni à changer de sujet. Elle se contenta de prendre ses jambes à son cou.

Il la regarda partir. Il ne savait pas ce qu'elle avait de spécial, mais son envie de mieux la connaître surpassait tout ce qu'il avait pu désirer dans sa vie dernièrement. Quelque chose en elle faisait remonter à la surface tous ses instincts protecteurs. Elle portait une histoire, et il voulait la connaître. Abe voulait tout savoir d'Alabama.

CHAPITRE TROIS

Alabama grimaça tout en s'éloignant à la hâte de l'homme le plus sexy qu'elle ait jamais vu. Si elle avait eu les mains libres, elle se serait donné une bonne claque, sincèrement. Elle était *tellement* ridicule. Sérieux ! Elle n'avait jamais été aussi mortifiée de toute sa vie. C'était une certitude. Probablement parce qu'elle avait toujours évité les gens et qu'elle n'avait jamais essayé de leur adresser la parole.

Christopher. *Christopher*. Pas Chris, mais Christopher. Même son prénom était sexy. Elle ne connaissait pas son nom de famille, mais elle était convaincue qu'il était tout aussi mélodieux. Elle n'aimait pas du tout « Abe ». Cet homme ne ressemblait pas à un « Abe », et même si c'était le surnom que lui donnaient ses amis, Alabama savait qu'elle ne l'aurait jamais appelé de la sorte.

Elle n'avait pas vraiment eu l'intention de lui parler ; cela allait à l'encontre de tous ses instincts. Elle ne parlait pas beaucoup. Ce ne serait jamais dans sa nature. Cela s'était amélioré avec le temps, mais quand Christopher lui avait dit qu'il était désolé, d'une voix douce et pleine de remords, Alabama n'avait pas pu s'empêcher de vouloir le rassurer. *Elle* avait essayé de *le* rassurer. C'était dingue. Quand Christopher lui avait demandé sur le même ton de le regarder, elle n'avait pu se retenir.

Toute sa vie, Alabama avait essayé de faire plaisir aux gens – à Maman, aux professeurs, à ses parents d'accueil... Mais cela n'avait jamais servi à rien. Personne n'était jamais content d'elle. Elle parlait trop, elle ne parlait pas assez, elle était bizarre, elle ne communiquait pas suffisamment. Pourquoi fallait-il toujours qu'elle essaye de rendre les autres heureux ? Elle aurait dû retenir la leçon depuis longtemps.

Elle fila vers le coin de la pièce et se laissa tomber sur une chaise, posant son assiette sur ses genoux en essayant de retrouver une contenance. Quelle heure était-il ? Pouvait-elle déjà s'éclipser ? Certes, elle avait été invitée à la fête par les Wolfe, puisqu'après tout, elle travaillait ici, mais elle n'était pas agent, simplement femme de ménage. Elle nettoyait les bureaux quand tout le monde était déjà rentré. Ce n'était pas glamour, mais elle faisait bien son travail. Elle était fière de s'assurer que tout soit toujours immaculé. Son métier lui plaisait parce qu'elle n'avait pas à parler à d'autres personnes. Elle pouvait allumer son iPod et se laisser porter par sa musique favorite pendant qu'elle nettoyait.

Alabama connaissait les moindres recoins du bureau. Elle en savait probablement plus que les Wolfe sur ce qui s'y passait. C'était étonnant de voir ce que les gens jetaient, estimant qu'une fois que c'était dans la poubelle, tout avait « disparu ». Elle avait vu passer des préservatifs usagés, des antiacides, des poèmes d'amour écrits sur des Post-it, et une fois, elle avait même dû vider une poubelle pleine de vomi. Elle secoua la tête. Si seulement ils savaient à quoi elle avait été confrontée pendant qu'elle nettoyait le bureau !

La plupart des agents ne savaient même pas qu'elle existait, et cela lui convenait parfaitement. Elle avait toujours eu du mal à se faire des amis. Oh, elle se disait qu'elle était plutôt gentille, mais simplement pas très sociable. Elle n'aimait pas les banalités et la plupart des femmes trouvaient cela étrange. Qui plus est, se faire des amis signifiait s'ouvrir et se rendre vulné-rable. Alabama avait essayé une année après avoir emménagé à Riverton. Il y avait une autre femme de ménage, à l'époque, avec qui Alabama avait *cru* s'être liée d'amitié.

Elles étaient allées dîner plusieurs fois et passaient du temps ensemble au travail. Alabama avait même pris l'habitude de passer la chercher en voiture pour aller travailler et de la ramener après le travail. Un soir, elle l'avait entendue dire à quelqu'un au téléphone ce qu'elle pensait réellement de leur amitié. Elle n'utilisait Alabama que pour se faire transporter afin d'économiser de l'argent. Elle avait dit à son interlocuteur qu'elle la trouvait bizarre et qu'elle serait contente de récupérer sa voiture la semaine suivante. C'était la dernière fois qu'Alabama avait proposé de la conduire au travail et chez elle, la dernière fois qu'elle avait essayé de se faire des amis.

En ce moment, elle observait Adélaïde de l'autre côté de la pièce. Elle aurait préféré que la jeune femme ignore son existence. Celle-ci avait détesté Alabama au premier regard, sans qu'elle comprenne vraiment pourquoi. Tard un soir, elle se trouvait au bureau, à faire le ménage comme d'ordinaire, quand Adélaïde avait débarqué. Toutes les deux avaient été surprises de se voir, mais Adélaïde lui avait ordonné de sortir de son bureau et de fermer la porte. Elle y était restée pendant environ une demi-heure avant d'en ressortir et de dire à Alabama qu'elle n'avait pas besoin de le nettoyer ce soir-là.

Alabama s'était contentée de hausser les épaules et avait continué son travail. C'était tout. Depuis cette nuit-là, Adélaïde la fusillait du regard chaque fois qu'elle la voyait. Alabama ne savait pas ce que l'agent avait caché dans son bureau, mais manifestement, c'était quelque chose qu'elle ne voulait pas que l'on sache. Alabama avait envisagé de fouiller pour voir ce qu'elle trouverait, mais elle ne s'en était pas donné la peine. Au fond, elle n'en avait rien à faire. Elle était certaine que ce dont il s'agissait risquait seulement de lui causer plus de problèmes.

Avant de partir faire la queue, elle avait entendu le commentaire sournois d'Adélaïde sur ses légumes. Elle savait que c'était là que Christopher en avait entendu parler, mais elle essayait de ne pas lui en vouloir. Il avait tenté de plaisanter avec elle sans méchanceté, ignorant ce qu'elle avait apporté au buffet.

Elle grignota sans enthousiasme la nourriture qu'elle avait posée sur son assiette et observa les gens qui l'entouraient. Comme d'habitude, il y avait trop de monde dans ce petit espace, mais les Wolfe refusaient de donner leur fête annuelle dans un autre endroit. C'était la tradition de l'organiser dans leur espace commercial, alors c'était là qu'elle devait se tenir, point barre. La plupart des convives riaient et discutaient tout naturellement. Le volume sonore était fort en raison de la foule. Mais au moins, tout le monde semblait heureux et détendu.

Alabama regarda Christopher retourner aux côtés d'Adélaïde. Quel dommage qu'il soit avec elle. Elle ne le méritait certainement pas. Alabama se rappela qu'il lui avait tendu une assiette. Il l'avait fait avec nonchalance, comme si c'était le genre de geste atten-

tionné qu'il faisait tout le temps – c'était probablement le cas. Prendre soin des autres semblait
tellement ancré en lui... Pourtant, elle ne put s'empêcher de se demander qui prenait soin de lui. Certainement pas Adélaïde. Elle n'avait même pas
remarqué que, lorsqu'elle lui avait saisi le bras, cela
avait déséquilibré sa main et son punch avait débordé
de son verre pour atterrir sur sa chemise. Elle ne
s'était même pas détournée de sa conversation, ignorant son regard noir, sans l'aider à éponger le liquide
renversé.

Malgré tout, Alabama constata que Christopher
continuait de s'occuper d'Adélaïde. Il l'écarta du
chemin de deux hommes qui essayaient de contourner
le groupe de femmes, puis il lui retira son verre vide
une fois qu'elle eut fini de boire. Adélaïde l'ignorait.
Elle ne l'avait même pas remercié. Quant à Alabama, si
elle voyait et appréciait les attentions de Christopher,
elle se demandait ce que cela ferait d'être traitée de la
sorte.

Adélaïde voyait-elle tout ce que Christopher faisait
pour elle ? Avait-elle seulement conscience qu'il la
protégeait de mille petites façons ? Alabama essaya de
se mettre à sa place : si Christopher était son homme,
apprécierait-elle ce qu'il ferait pour elle ? Elle repoussa
cette idée. Jamais personne durant toute sa vie n'avait
pris la peine de la protéger, alors elle ne s'imaginait pas
ce qu'elle ferait. Peu importe. Elle n'avait besoin de

personne. Elle se débrouillait très bien toute seule, ou du moins elle essayait de s'en convaincre.

Elle était si occupée à observer Christopher et Adélaïde en douce qu'elle manqua le premier signe d'alarme. Ce ne fut que lorsque Christopher laissa tomber l'assiette qu'il portait, ignorant la nourriture qui éclaboussa leurs jambes pour saisir sa compagne par le bras, qu'elle se rendit compte que quelque chose clochait.

Elle se tourna vers le buffet et vit que la table et le rideau derrière elle avaient pris feu. L'incendie se propageait rapidement. La pièce, déjà trop bondée, se remplissait de fumée et Alabama entendait les gens pousser des cris de panique. Elle lâcha sa propre assiette, à présent presque vide, et regarda autour d'elle afin de repérer une issue.

Depuis qu'elle était petite, constamment prête à échapper à sa mère quand elle était en colère, Alabama prenait garde de noter où se trouvaient les issues dans toutes les situations où elle se trouvait. C'était ce qui lui avait épargné plusieurs raclées dans son enfance, et à présent, cela pourrait bien lui sauver la vie.

La plupart des gens se dirigeaient vers la porte principale, par laquelle ils étaient entrés plus tôt dans la soirée. C'était humain et naturel de vouloir rejoindre l'issue que l'on connaissait au lieu d'essayer de trouver une autre voie de sortie.

Alabama savait qu'il existait une porte latérale, mais elle se trouvait dans la direction opposée au mouvement général, au bout d'un petit couloir qui sortait de la pièce principale. Elle était invisible depuis la zone où se tenait la fête. Ce n'était pas une option pour la foule incontrôlable. La fumée montait des rideaux, noire et épaisse. Alabama sentait l'air se raréfier, il devenait de plus en plus difficile de respirer.

Elle avait fait deux pas vers le couloir – et la liberté – quand elle s'arrêta. Elle pensa à tous les gens qui ne seraient pas capables de sortir par l'autre issue à cause de la foule des invités en proie à la panique. Ils finiraient certainement par bloquer la porte une fois qu'ils manqueraient d'air. Elle avait vu de nombreux reportages sur des bars et des night-clubs bondés qui avaient pris feu et elle avait une idée du carnage qui en résultait lorsque les gens essayaient de sortir par une porte bloquée. Si tout le monde continuait de pousser pour essayer de sortir, il serait bientôt impossible de passer. Christopher ne pourrait pas s'échapper.

Avant d'avoir décidé consciemment d'avancer, Alabama s'était dirigée vers l'endroit où elle avait vu Christopher pour la dernière fois. Elle comprit rapidement qu'elle ne pourrait pas rester debout si elle voulait respirer. Elle tomba à genoux et commença à ramper aussi rapidement qu'elle en fut capable. Dieu merci, elle était en pantalon. Alabama se dirigea vers l'autre côté de la pièce, loin de la liberté qu'offrait cette issue latérale, mais en direction de Christopher. Comme il n'était jamais venu dans ce bâtiment, il ignorait qu'il existait une autre porte. Quelque part, Alabama savait aussi qu'il ne quitterait pas Adélaïde et les autres femmes avec lesquelles il était resté. Il ferait son possible pour les faire sortir.

Elle perdit de précieuses minutes à reprendre ses marques dans la pièce, qui semblait bien plus vaste à présent qu'elle ne voyait rien à cause de la fumée. Elle toussa une fois, puis deux. Elle essaya de se dépêcher. Alabama savait que le temps lui était compté. Enfin, elle atteignit l'endroit où Christopher s'était tenu avec Adélaïde. Ils ne s'y trouvaient pas, mais elle aperçut un groupe blotti contre le mur tout proche.

Alabama rampa vers eux et attrapa le bras de l'homme en le dépassant. Elle désigna l'autre côté de la pièce, où se trouvait le couloir, et ordonna d'un ton pressant :

— Il y a une autre porte. Prenez le couloir, par là... Allez-y !

L'homme n'hésita pas ; il saisit la main de la femme qui se tenait près de lui et fila vers l'endroit qu'Alabama lui avait montré. Quelques secondes plus tard, ils avaient disparu dans la fumée qui emplissait la pièce. Si Alabama ne l'avait pas touché, elle se serait demandé si elle n'avait pas rêvé. Elle continua sa progression le long du mur à la recherche de Christopher, orientant vers la porte de l'autre côté de la pièce tous ceux qu'elle croisait. Tous paraissaient reconnaissants de son aide, mais personne ne l'encouragea à s'enfuir avec eux. Ils se contentèrent de tourner les talons et de se diriger vers l'endroit qu'elle leur indiquait.

Après avoir montré la sortie à plusieurs groupes, elle atteignit enfin Christopher et Adélaïde. Ils étaient à genoux, pelotonnés contre le mur. Christopher avait retiré sa veste de sport et l'avait passée autour de la jeune femme. Il avait également ôté sa chemise blanche afin de l'enrouler autour de la tête de sa compagne pour l'aider à respirer plus facilement. Il avait serré Adélaïde contre lui et restait au-dessus d'elle pour la protéger. Alabama voyait qu'il essayait de scruter la pièce, probablement pour repérer une issue.

Elle s'accorda une fraction de seconde afin d'admirer le physique de Christopher avant de se concentrer à nouveau sur la catastrophe en cours. Elle n'eut pas le temps de s'émerveiller sur sa carrure musclée et ignora la réaction de son bas-ventre lorsqu'elle aperçut ses abdominaux.

— Christopher, cria-t-elle en lui attrapant le bras, qui se contracta sous ses doigts. Il y a une porte par là.

Elle désigna l'autre côté de la pièce et le couloir vers lequel elle avait dirigé les fuyards.

S'attendant à ce qu'il entraîne Adélaïde en sécurité, elle fut surprise devant son absence de réaction. Au contraire, ce fut son bras qu'il saisit urgemment :

— Vous allez bien, Alabama ?

Elle avait beau apprécier sa sollicitude, ils n'avaient pas le temps. Il fallait qu'il sorte d'ici. Il devenait difficile de parler ou d'entendre quoi que ce soit par-dessus le crépitement du feu.

Elle se contenta de hocher la tête.

— La porte est par là.

Elle tendit à nouveau l'index en essayant de le chasser vers la sortie.

— Vous en êtes certaine ? demanda Christopher d'une voix rauque à cause de la fumée qu'il avait inhalée.

Elle hocha la tête avec énergie. Bon sang, s'il ne voulait pas y aller de son plein gré, elle devrait le forcer.

— Suivez-moi, ordonna-t-elle.

Elle se tourna pour traverser la pièce en rampant, mais Adélaïde refusait de bouger.

— Où allez-vous ? Non ! protesta-t-elle. La porte est par là, il faut qu'on reste ici. Ça se dégagera en une seconde.

Aussitôt, elle fut saisie d'une quinte de toux, sa voix étouffée par la chemise que Christopher avait enroulée autour d'elle.

Ce dernier se retourna vers Adélaïde et s'adressa à elle d'une voix rude. Il essayait de la convaincre de se diriger vers l'autre sortie. Alabama vit des braises se détacher des murs. D'autres matières inflammables dégringolèrent, atterrissant sur le dos dénudé de Christopher à genoux au-dessus d'Adélaïde. Il ne portait rien et il risquait de graves brûlures s'il traversait toute la pièce torse nu.

Désespérée, Alabama regarda autour d'elle et repéra une veste oubliée à terre, visiblement jetée dans la panique. Elle rampa et saisit une cruche d'eau posée à l'écart sur une nappe festive. Elle retourna vers Christopher sur les genoux et, sans prévenir, lui versa l'eau sur la tête, la regardant couler en cascade sur ses cheveux et le long de son dos.

Elle ressentit un moment de remords, puis elle décida qu'il valait mieux qu'il soit en colère contre elle plutôt que brûlé à plusieurs degrés. Ignorant les cris d'Adélaïde, scandalisée par son geste, Alabama passa à Christopher la veste qu'elle avait ramassée.

— Pour vous protéger le dos.

Sans ergoter ni lui reprocher de l'avoir trempé, il enfila la veste d'un coup d'épaule. Elle était serrée, et pas seulement parce qu'elle était mouillée. De toute évidence, il était bien plus large et musclé que son précédent propriétaire. Christopher lui adressa simplement un signe du menton, puis rabattit en arrière ses cheveux dégoulinants. Il se tourna à nouveau vers Adélaïde.

Lassé de ses protestations, il lui saisit fermement le bras et lui ordonna de sa voix la plus directe :

— Avance.

Constatant qu'il était sérieux, et décrétant enfin que bouger était une meilleure idée que de rester agenouillée près d'un mur dans une pièce en feu, Adélaïde cessa de se plaindre et hocha faiblement la tête. Christopher retira sa main du bras de sa compagne et fit signe à Alabama d'ouvrir la route, ce qu'elle fit sans hésitation. Elle sentait la présence de Christopher à ses côtés. Non seulement il lui avait permis de les guider, mais il resta aussi juste à côté d'elle alors qu'ils traversaient la salle vers la sortie, sans la laisser s'éloigner. Parfois, il était tellement proche qu'elle sentait son épaule frotter contre ses fesses.

La pièce faisait peur, à présent. Il y avait du bruit. C'était assourdissant et il faisait sombre. Alabama savait que l'oxygène était presque entièrement consumé. Elle ne pensa plus au torse sexy de Christopher sans sa chemise, ni à sa gentillesse envers elle. Elle se concentra uniquement sur la trajectoire pour sortir du bâtiment en flammes, alors qu'ils se trouvaient toujours à l'intérieur.

Elle toussait sans relâche et elle sentait Christopher tressaillir contre elle, pris de quintes de toux, lui aussi. Alors qu'elle rampait, sa main toucha un morceau de tissu oublié à terre. Sans y penser, elle s'en empara et poursuivit sa route. Elle tendit brièvement la main en arrière et le pressa contre le bras de Christopher. Il le lui prit. Elle espérait qu'il l'utiliserait comme un filtre pour faciliter sa respiration, comme elle en avait eu l'intention. Elle ne prit pas le temps de s'émerveiller sur la beauté de cet homme, mais cela ne signifiait pas qu'elle ne s'inquiétait plus pour lui. Christopher avait besoin de se couvrir le visage afin de ne pas inhaler plus de fumée qu'il ne l'avait déjà fait. Elle ne songeait même pas à elle-même. Elle désirait seulement le protéger, lui.

Alors qu'Alabama et Christopher rampaient, ils rencontrèrent d'autres personnes perdues et hébétées. Elle s'accrocha à elles et les encouragea à progresser avec eux. Le temps que le groupe parvienne au couloir, puis à la porte, ils étaient environ dix, tous en file indienne. Alabama s'arrêta et poussa la porte. Elle paniqua une seconde quand celle-ci refusa de bouger, mais Christopher vint se placer à côté d'elle et poussa de toutes ses forces. Sous leurs poids combinés, elle finit par s'ouvrir. De l'air frais lui souffla au visage et Alabama inspira profondément.

L'oxygène la revigora, mais l'afflux d'air dans le couloir en direction de la pièce en feu parut décupler la ferveur de l'incendie. Des vagues de fumée noire émergèrent de la salle et le groupe qui avait traversé l'enfer ardent en rampant ne perdit pas de temps. Un par un, ils sortirent, se redressèrent et détalèrent à toutes jambes loin du bâtiment.

Assise près de la porte, Alabama aida tout le monde à sortir. Elle les intercepta alors qu'ils franchissaient le seuil et essayaient de se redresser. Elle ne pouvait pas s'arrêter de tousser ; cela dit, les autres non plus. Des quintes de toux profondes et saccadées résonnaient dans l'air tout autour d'eux. Si le feu n'avait pas fait rage, elle aurait mieux entendu les cris rauques des rescapés. Elle s'entendait à peine elle-même, sans parler des autres. Elle vit Christopher hésiter avant de la quitter, mais Adélaïde s'accrocha à son bras pour l'entraîner à l'écart et il disparut hors de la fumée.

Regardant une dernière fois à l'intérieur après que la dernière personne de leur groupe fut sortie, Alabama ne vit personne d'autre. Le feu brûlant léchait le plafond, plus chaud que tout ce qu'elle avait connu. S'il y avait encore des gens là-dedans, ils n'avaient plus aucune chance.

Alabama n'avait pas eu le temps de réfléchir jusque-là, mais ce qu'elle venait de faire la terrifiait et elle se mit à trembler. Tout allait bien. Elle allait bien. Elle avait réussi à faire sortir Christopher. Elle avait fait sortir les autres. C'était une chance qu'elle connaisse cette issue de service.

S'éloignant de la porte en titubant, Alabama contempla le chaos absolu qui se déroulait autour d'elle. Des camions de pompiers s'arrêtaient au bord du trottoir et des gens étaient assis ou debout autour du bâtiment, en état de choc. Elle aperçut d'autres camions qui arrivaient. Cet événement allait faire couler de l'encre.

Elle toussait toujours, mais elle n'en tint pas compte tout en regardant frénétiquement autour d'elle. Quand elle repéra enfin Christopher en compagnie d'Adélaïde, elle se détendit légèrement. Il était là. Il s'en était tiré. Elle ne savait pas pourquoi c'était aussi important pour elle. Enfin, quoi, elle ne connaissait même pas cet homme ! Quelque chose avait résonné en elle dans la façon dont il lui avait parlé, comme s'il était intéressé, et dans la manière dont il avait traité Adélaïde.

Ce quelque chose trouvait écho au plus profond d'elle-même. Elle avait tant espéré et prié pour que quelqu'un prenne son parti et la protège de sa mère qu'un sentiment nouveau s'éveilla et se raccrocha à Christopher. C'était le genre d'homme qu'elle désirait avoir. C'était le genre d'homme qui s'occupait de sa compagne. Christopher n'aurait jamais laissé personne lui faire du mal. Elle savait d'expérience que l'on ne rencontrait pas ce genre d'homme tous les jours. Même s'il ne lui appartenait pas, elle savait que le monde était meilleur grâce à lui.

Elle vit Adélaïde enfouir son visage dans le cou de Christopher et sangloter. Aussi mesquin que ce soit, Alabama se dit que si cette garce avait l'énergie et la capacité de pleurer aussi fort sans cracher un poumon, elle se portait mieux que la plupart des gens assis autour d'elle, y compris Christopher. Adélaïde aurait dû s'inquiéter davantage de l'état de santé de son homme au lieu de faire une crise.

Il tentait de réconforter la femme qu'il étreignait tout en essayant de reprendre son souffle.

Alabama remarqua alors deux urgentistes qui passaient entre les gens assis çà et là sur la pelouse, cherchant qui avait besoin d'aide en priorité. Tout le monde toussait, mais pour la plupart, ils avaient l'air d'aller bien. Quand l'un des hommes s'approcha d'elle, elle lui exprima quelques inquiétudes succinctes à voix basse tout en éludant ses questions sur son propre état.

Comprenant enfin ce qu'elle voulait, l'urgentiste s'éloigna pour aller parler à Christopher. Il serait soigné en premier. Alabama songea à partir et regagner son petit appartement. C'était un vrai trou à rats, mais c'était chez elle, et elle avait éperdument besoin de retrouver son intimité.

Elle trouverait bien un moyen de savoir plus tard quelles seraient les conséquences du drame sur son emploi. L'équipe de ménage serait la dernière préoccupation des Wolfe pour le moment. Elle attendrait un peu avant de les contacter pour savoir quelles seraient les prochaines étapes. Elle avait *besoin* de ce travail, mais elle ne voulait pas se montrer égoïste alors que d'autres personnes étaient blessées et que tout le monde craignait pour son poste et son gagne-pain.

Alabama ne jeta pas un seul regard en arrière vers l'homme qu'elle aurait voulu posséder. Elle se contenta de quitter la scène du chaos. Il ne servait à rien de souhaiter quelque chose qui ne pourrait jamais se produire. La vie était ainsi. C'était une leçon qu'elle avait apprise depuis longtemps. Alabama devrait se contenter de leur brève rencontre et de la certitude que l'on s'occupait de lui.

Abe leva les yeux vers l'urgentiste qui s'approchait d'eux. Dieu merci, il pourrait prendre le relais pour s'occuper d'Adélaïde, lui permettant de ficher le camp. Il voulait retrouver Alabama et la remercier. Il fut surpris quand l'homme s'adressa à lui sans jeter un seul regard à la femme à moitié hystérique qui essayait de se blottir dans ses bras.

— Monsieur ? On m'a signalé que vous aviez été brûlé. J'aimerais jeter un œil pour m'assurer que ce n'est que superficiel.

— Brûlé ?

Abe était perdu. Qui avait dit qu'il était brûlé ? Était-il donc blessé sans même s'en être rendu compte ?

— Tournez-vous, Monsieur. On va vous enlever cette veste et évaluer les dégâts.

Abe toussa et lâcha Adélaïde qui lui coupait la circulation dans le bras. Elle résista, mais l'urgentiste lui ordonna fermement de le lâcher afin qu'il puisse inspecter son dos. La veste brûla un peu quand elle glissa de son dos, mais Abe ne montra aucun signe extérieur de gêne. Quant à la douleur, elle était faible, notamment en comparaison avec certaines des blessures qu'il avait subies lors de ses missions.

— Bon, ça n'a pas l'air trop grave, Monsieur, dit vivement l'urgentiste. Apparemment, quelques braises vous sont tombées sur le dos pendant que vous essayiez de sortir. Je devine que vous n'aviez pas cette veste sur vous tout le temps ? C'est une bonne chose que vous l'ayez mise, sans quoi vos brûlures auraient été bien plus graves. Regardez l'arrière.

Abe posa les yeux sur la veste que l'homme lui tendait et resta sidéré. Il n'avait pas senti qu'il recevait des projectiles sur le dos pendant qu'il se trouvait contre le mur avec Adélaïde. Sans doute à cause de l'adrénaline. Mais si Alabama n'avait pas eu la présence d'esprit de l'asperger d'eau et de lui donner cette veste... Alabama ! Où était-elle ? D'un coup, il eut désespérément besoin de la trouver, de s'assurer qu'elle allait bien, de la remercier... bon sang... pour tout un tas de raisons qu'il ne comprenait pas.

Il regarda autour de lui, mais ne la vit nulle part. Était-elle partie ?

— Qui vous a dit de venir me voir ?

Abe savait, sans que le médecin eût besoin de le lui dire, que c'était forcément Alabama. Personne d'autre n'aurait pu savoir qu'il avait des brûlures. Il devait en avoir le cœur net.

— La dame, là-bas...

L'urgentiste désignait l'endroit où il avait vu Alabama pour la dernière fois, mais elle n'était plus là.

— Enfin, celle qui *était* là-bas... Elle portait un jean et n'était pas très grande.

Abe hocha la tête, un peu irrité par cette description peu flatteuse de celle qu'il avait trouvée aussi fascinante que magnifique.

— Je sais qui c'était. Merci.

Abe ne remarqua pas la hargne sur le visage d'Adélaïde quand il confirma la présence d'Alabama.

— Tu sais que c'est la femme de ménage ? dit-elle avec malveillance, se manifestant pour la première fois depuis que l'urgentiste les avait rejoints. Elle est bizarre, et son boulot, c'est de récurer les toilettes.

— Et toi, tu sais qu'elle vient juste de te sauver la vie ? répondit Abe du tac au tac. Bon sang, elle a sauvé *pas mal* de vies aujourd'hui, y compris la mienne. Je me contrefous de savoir si elle s'est échappée de prison ou bien si c'est la reine d'Angleterre.

Adélaïde se contenta de détourner la tête pour laisser libre cours à une quinte de toux un brin théâtrale.

— Venez, nous allons vous nettoyer le dos et vous serez libre de partir, dit le soignant d'un air gêné à cause de leur dispute.

Abe aurait voulu laisser Adélaïde plantée par terre, mais il en était incapable. Cela ne conviendrait pas, même s'il était contrarié par cette situation. Il l'aida à se redresser et passa le bras autour de sa taille, l'aidant à grimper à l'arrière de l'une des ambulances alignées au bord du trottoir.

Étreindre la taille mince d'Adélaïde ne lui faisait plus rien. Il parvenait à peine à croire qu'il ait pu la trouver sexy. La première fois qu'il l'avait vue à Aces, dans sa petite robe noire, il avait été soufflé. Elle lui avait paru la femme idéale. À présent, il voyait la vérité. Elle était méchante, et la méchanceté l'emportait toujours sur la beauté.

Il savait que ce n'était pas le lieu, mais il ne pouvait pas – et ne voulait pas – attendre plus longtemps.

— Adélaïde, ce n'est pas ainsi que je voulais m'y prendre, mais il est temps qu'on passe à autre chose. Même si on a passé du bon temps ensemble, je n'imagine pas notre relation progresser.

— Tu me largues ? s'écria-t-elle sans même une quinte de toux, cette fois.

Manifestement, la chemise d'Abe l'avait bien protégée contre l'enfer des flammes.

— Merde, pourquoi ? Je pensais que tu étais ce grand protecteur, ce mâle alpha, mais quand je suis au plus bas, tu me dis que c'est fini ? Et tu me jettes pour la femme de ménage ?

Comme il ne disait rien, se contentant de la regarder avec dérision, elle ricana.

— Espèce de connard. Tu vas le regretter.

— C'est déjà fait.

Abe s'éloigna en secouant la tête. Il ne comprendrait jamais les femmes. Jamais. Alors qu'il s'en allait, il élaborait déjà des plans dans sa tête pour retrouver Alabama. Elle ne le savait pas encore, mais elle s'apprêtait à le revoir bien vite. Il contacterait Tex si besoin. Tex était capable de retrouver n'importe qui. Autrefois, il faisait partie de leur équipe des Forces Spéciales, mais après avoir perdu une jambe au cours d'une mission, il était parti en Virginie et avait monté sa propre agence de détective privé.

Tex était toujours proche de l'équipe et il les avait aidés à localiser Caroline quand elle avait été kidnappée par des terroristes, plus tôt dans l'année. Il l'aiderait à retrouver Alabama, et alors Abe pourrait sérieusement chercher à mieux la connaître.

Il n'avait pas eu aussi hâte de connaître une femme depuis longtemps – trop longtemps. Il en trépignait d'impatience. Alabama ne comprendrait pas ce qu'il lui arriverait. Elle finirait par lui appartenir.

CHAPITRE QUATRE

Assise tristement devant les actualités, Alabama toussait. Le présentateur parlait de l'incendie. Apparemment, l'un des câbles d'une mijoteuse posée sur la table où étaient présentés les plats avait court-circuité et mis le feu à une fine nappe en papier. Elle ne put s'empêcher de se dire qu'au moins, ce n'étaient pas ses légumes qui avaient déclenché l'incendie du bâtiment, mais un plat de type traiteur raffiné que quelqu'un avait apporté.

Le temps qu'on le remarque, la petite flamme avait grandi et les rideaux étaient déjà en feu. Heureusement, personne n'avait été tué, mais une dizaine de victimes au moins se trouvaient toujours à l'hôpital, soignées pour des brûlures ou des inhalations de fumée. Trop de personnes s'étaient retrouvées coincées en essayant de sortir par la porte. Les journalistes avaient interviewé quelques témoins qui s'attardaient dans les parages. La plupart avaient dit qu'ils étaient terrifiés et qu'ils avaient cru leur dernière heure arrivée.

Alabama reconnut l'un des couples à qui elle avait montré le couloir et la sortie. D'après leur témoignage, la pièce était sombre et effrayante, et quelqu'un leur avait montré la porte latérale afin de les aider à sortir. Mais ils ignoraient qui était cette personne. La journaliste qui les interviewait semblait de prime abord très intéressée, puis quelqu'un passa sur un brancard et, aussitôt, son attention fut attirée par ce sujet visiblement plus choc que de simples témoins valides.

Alabama était en partie soulagée. Elle n'avait aucune envie de se faire interviewer ni de faire parler d'elle. Tout le monde aurait agi comme elle. Ou du moins, c'était ce qu'elle se disait. Elle n'aimait pas être le centre de l'attention. Mais une autre partie de son être était quelque peu vexée. Si quelqu'un lui avait sauvé la vie, elle se serait assurée de relever son identité, ne serait-ce que pour la remercier après. Enfin...

Ses poumons lui faisaient toujours mal, mais honnêtement, elle n'avait pas à se plaindre ; elle était chez elle, vivante, *et* elle avait aidé tant d'autres personnes à sortir. Elle n'avait pas pris la peine d'aller à l'hôpital. Une fois qu'elle s'était assurée que l'on s'occupait des brûlures sur le dos de Christopher, elle était partie. En nettoyant des bureaux, elle gagnait mal sa vie. Se rendre à l'hôpital et devoir payer un médecin qui lui dirait que tout allait bien n'était pas une façon adéquate de dépenser l'argent pour lequel elle travaillait aussi dur.

Elle se blottit sur son canapé, sous une couverture. Avec son salaire, elle ne pouvait se permettre que ce modeste appartement, mais elle économisait pour s'acheter sa propre maison. Elle ne savait pas laquelle, ni où elle se situerait, mais elle aurait fait n'importe quoi pour avoir son propre espace. Ce qu'elle avait connu en grandissant lui avait donné envie d'avoir un endroit à elle. Son refuge. Et même si elle avait rendu l'appartement aussi confortable que possible, Alabama ne se sentirait pas en sécurité avant d'avoir sa propre maison et son propre lieu de vie.

Ses foyers d'accueil ne l'avaient jamais sécurisée. Elle avait toujours dû faire attention avec les autres enfants et même parfois les parents. Dieu sait qu'elle ne s'était jamais sentie en sécurité avec sa mère. Son appartement actuel était parfait pour le moment. Il était petit et bon marché, ce qui lui permettait de mettre de l'argent de côté tous les mois.

Alabama était fière de la somme d'argent qu'elle avait réussi à économiser jusque-là. Elle était certaine que pour certains, ce n'était pas grand-chose, mais pour elle, c'était énorme. Elle s'était privée et essayait d'acheter dans des magasins d'occasion pour économiser encore davantage. Même son petit appartement témoignait de ses efforts conscients pour rester frugale.

Son propriétaire était un sale type glauque appelé Bob. Elle ne connaissait même pas son nom de famille. Il s'était simplement présenté comme « Bob » avant de lui énoncer les règles de vie quand elle l'avait contacté pour la location. Pas d'animaux de compagnie. Pas de fêtes. Pas de sous-location. Pas de cigarettes. Le loyer était dû le premier du mois. Sans délai. Un mois de loyer en acompte. L'appartement était partiellement meublé, mais Alabama avait acheté son propre lit à une place. Elle refusait de dormir là où d'autres personnes avaient fait vous-savez-quoi. Elle avait connu ça durant toute son enfance et elle s'était juré qu'une fois qu'elle aurait quitté le lycée et aurait son propre appartement, elle ne dormirait plus jamais sur un matelas d'occasion. Jusque-là, elle avait réussi.

L'appartement une-pièce proposé par Bob sentait la publicité mensongère, puisque la seule « pièce » véritable était la salle de bains, mais cela lui convenait. Elle vivait seule et n'avait pas vraiment besoin d'espace.

Alors qu'elle s'apprêtait à s'endormir, on frappa à la porte. Elle se rassit d'un bond. Que se passait-il ? Personne ne venait chez elle. Elle n'avait pas d'amis. On ne passait jamais la voir. Et si c'était l'un de ses voisins ? Elle avait croisé la vieille dame qui vivait au même étage qu'elle. Elles se souriaient, mais elles n'avaient jamais discuté. Ce devait être elle qui se trouvait sur le pas de sa porte.

Elle baissa les yeux sur sa tenue. Elle portait un pantalon de jogging et un t-shirt ample. Elle haussa les épaules. Ce n'était pas comme si elle avait besoin d'impressionner qui que ce soit. De toute façon, c'était sa voisine ou une erreur.

Elle se dirigea vers la porte et l'entrouvrit de quelques centimètres. Bien entendu, Bob n'avait pas voulu dépenser plus d'argent pour équiper les portes de judas. Radin !

La dernière personne qu'elle se serait attendue à voir devant sa porte était Christopher. Elle prit soudain conscience qu'elle ne connaissait même pas son nom de famille. Elle resta plantée là comme une idiote, à l'observer par l'entrebâillement de la porte. Bon sang, mais que faisait-il ici ?

— Salut, Alabama. J'avais envie de passer pour m'assurer que tout va bien.

Après l'avoir dévisagé pendant quelques minutes, Alabama se secoua. En le voyant arquer les sourcils, elle ignora courageusement son propre vœu de silence et ne put s'empêcher de demander :

— Comment m'avez-vous trouvée ?

Elle fut ébahie de voir le rose lui monter aux joues. Ça alors, il rougissait ? Elle n'aurait jamais cru voir un homme rougir.

— Eh bien, votre nom étant rare, je me suis dit qu'il

ne serait pas trop difficile de vous retrouver... et j'avais raison. Savez-vous que vous êtes la seule personne à Riverton qui s'appelle Alabama ? J'étais prêt à demander aux Wolfe s'ils connaissaient quelqu'un qui travaille pour eux et qui s'appelle ainsi, quand mon ami m'a rappelé à peu près trois secondes après que je lui ai envoyé votre nom et votre ville. Apparemment, vous êtes facile à trouver, peut-être même trop, il faudra qu'on en parle... Quoi qu'il en soit, il vous a retrouvée et me voilà.

Alabama le dévisageait d'un air incrédule. Christopher l'avait retrouvée ? Un de ses amis l'avait localisée ? Pourquoi ? S'il avait seulement voulu la remercier, il aurait pu appeler et laisser un message aux Wolfe ou quelque chose de ce genre. Elle avait envie de poser tellement de questions, mais son cerveau refusait de coopérer.

— Bon... Quoi qu'il en soit, je voulais passer pour vous remercier et vous demander si vous vouliez bien aller prendre un café avec moi un de ces jours.

Devant son silence, Christopher poursuivit comme si elle avait dit oui.

— C'est super. Alors, je viens vous chercher demain à onze heures ? Nous pourrons aller dans un petit café au centre-ville pour discuter.

Il émit un petit rire amusé.

— Enfin, peut-être que je parlerai et que vous écouterez.

Il retrouva son sérieux et se pencha en avant. Sa voix se fit basse et exigeante.

— J'ai envie de passer du temps avec vous et de vous remercier convenablement de m'avoir sauvé la vie, la mienne et celle de nombreuses autres personnes. Je ne vous connais pas, mais j'ai envie de vous *connaître*. Vous ne souhaitez probablement pas de remerciements, pourtant vous en aurez, du moins de ma part. Serez-vous là demain quand je passerai vous chercher ?

Alabama hocha immédiatement la tête. Quand Christopher baissait la voix de la sorte, elle était incapable de ne *pas* être d'accord. Il avait raison ; elle n'aimait pas être le centre de l'attention et elle n'avait pas vraiment envie de recevoir des remerciements. Elle était simplement contente qu'*il* soit là, sain et sauf. Elle avait beaucoup de choses à faire ; premièrement, contacter les Wolfe pour demander ce qui allait se passer concernant son travail, mais elle souhaitait également aller prendre un café avec cet homme. Elle voulait se sentir normale, pour une fois.

Abe se redressa et lui tendit la main.

— On ne s'est jamais réellement présentés, n'est-ce pas ? Du moins, par nos noms en entier. Je suis Christopher Powers. Je t'ai déjà dit que mes amis et mes coéquipiers m'appellent Abe, ajouta-t-il en tentant le tutoiement.

Il attendit, espérant qu'Alabama suive son exemple.

Celle-ci baissa les yeux vers la main qu'il lui tendait. Christopher avait des ongles bien entretenus et sa poigne semblait puissante. Comment une main pouvait-elle sembler puissante ? Elle secoua la tête comme pour éclaircir son cerveau embrumé. Elle entrouvrit la porte davantage et finit par lui tendre la main à son tour.

— Alabama Smith.

Abe lui prit la main et la serra comme elle avait eu l'intention de le faire, puis il la porta à ses lèvres et l'embrassa doucement.

— Je suis honoré de te rencontrer.

Abe était enchanté de sentir sa main. Sa *main*, bon sang. Elle n'avait pas de vernis et il sentait les callosités de sa paume, manifestement à cause de son emploi de femme de ménage. Mais elle était douce et délicate dans la sienne. Il n'aurait jamais voulu la lâcher. Il voulait attirer cette femme tout contre lui et glisser les bras dans son dos. Il faillit céder à cette envie.

Alabama émit un petit rire sonore avant de l'étouffer. Elle n'était pas certaine de savoir pourquoi elle riait. Elle se dit qu'elle riait de cette situation, et du fait qu'un homme magnifique se tenait sur le pas de sa porte et lui faisait un baise-main. Ce n'était tout bonnement pas le genre de choses qui lui arrivait, d'ordinaire.

— On se voit demain matin, Alabama Smith. Dors bien.

Elle vit Christopher s'éloigner à reculons. Il la regarda dans les yeux aussi longtemps qu'il le put. Enfin, il tourna les talons et descendit le couloir. Juste avant de disparaître, il lui jeta un dernier regard et lui adressa un clin d'œil. Alabama referma la porte, ébahie. Oh, merde. Venait-elle d'accepter un rendez-vous avec l'homme le plus beau qu'elle ait jamais rencontré ? Qu'avait-elle fait ?

Abe ne parvenait pas à dormir. Il avait risqué beaucoup de choses en tentant de localiser Alabama. Généralement, il n'était pas aussi combatif. Allons, à quoi bon se mentir ? Il ne se souvenait pas de la dernière fois où il avait eu à draguer une femme. C'était vraiment pathétique qu'il considère que draguer était un acte combatif. Il s'était trop habitué à ce que les femmes se jettent sur lui. Pas étonnant qu'il en ait assez de ce manège. Il était devenu complaisant. Et paresseux.

Caroline le lui avait reproché plus tôt dans la semaine. Elle détestait Adélaïde et n'avait pas peur de le lui montrer.

Alabama était différente. Il ne parvenait pas à mettre le doigt dessus, mais quelque part, il le savait. Ce n'était pas simplement qu'elle était timide, ou qu'il ait dû faire des recherches pour la retrouver. Elle n'était assurément pas bavarde, mais il se dit que ça lui plaisait. D'ailleurs, il ne pensait pas l'avoir entendue dire autre chose que son nom durant le laps de temps qu'il avait passé devant sa porte. Mais cette absence de bavardage nerveux le tranquillisait. Il n'avait pas à faire semblant d'être intéressé par une conversation sans queue ni tête.

Seul homme dans une famille de femmes, il appréciait la solitude comme une denrée rare. Il n'avait jamais associé la notion de tranquillité aux femmes, du moins pas avant Alabama.

Il vouait un amour sans bornes à ses sœurs, mais il les trouvait très bavardes. Leurs dîners de famille étaient toujours synonymes d'histoires et de rires. Il avait connu une enfance extraordinaire et il aimait sa famille. Ses sœurs le rendaient fou, mais pour rien au monde il n'aurait voulu qu'elles changent. Susie, vingt-cinq ans, était la plus petite. Alicia était la deuxième, âgée de vingt-huit ans. Abe en avait trente-quatre. Il se disait que c'étaient ses six ans de différence avec Alicia qui avaient fait de lui l'homme qu'il était devenu. Il considérait que c'était sa responsabilité de la protéger. Il avait passé la plupart de ses années d'école à veiller sur elle et à se battre pour la défendre quand il l'avait pu. Il avait affiné ses instincts d'alpha protecteur depuis sa jeunesse et n'avait jamais regardé en arrière.

Il ne reprochait absolument rien à ses sœurs ni à sa mère. Abe aimait être l'homme de la famille. Il n'avait jamais réellement connu son père. Même si Susie avait neuf ans de moins que lui, son père n'avait jamais été présent. Il y avait une raison, mais il n'aimait pas vraiment y penser.

Son père restait quelque temps dans les parages, puis il disparaissait pendant un mois ou davantage. Quand il revenait, sa mère ne paraissait pas s'en préoccuper. Abe ne savait même pas ce qu'il faisait dans la vie. Au fond, il le regrettait.

Tout ce qu'il savait, c'était que lorsqu'il avait onze ans, sa mère l'avait pris à part et lui avait annoncé que son père était mort. Il essayait de ne pas penser à ce que son père avait fait à sa mère... et à lui. Il savait que les actes de son géniteur avaient contribué à faire de lui l'homme qu'il était à présent. Un psychologue se serait délecté d'analyser sa personnalité protectrice. Il aurait tout associé à son père et aurait essayé de le lui faire avouer, mais il était ce qu'il était, et cela ne changerait pas.

Abe avait toujours protégé les femmes de sa famille. C'était la chose la plus importante dans sa vie et il les aurait protégées jusqu'à la fin de ses jours. Rien ne comptait plus que ses sœurs et sa mère. Une fois, Abe avait ramené une femme à la maison pour un dîner en famille, et à la fin de la soirée, il avait su que cette relation était terminée. Cette femme s'était montrée malpolie et n'avait pas dissimulé son mépris pour la simplicité de sa mère. Il savait qu'il devenait sentimental quand il se trouvait auprès de ses sœurs et de sa mère, mais il les aimait plus que tout et il préférait être maudit plutôt que de voir quelqu'un mépriser tout cela. Il l'avait larguée sur le chemin du retour et n'avait même pas cherché à l'écouter se justifier d'avoir mal choisi ses mots.

Il espérait qu'Alabama s'entendrait avec sa famille. Il était bien trop tôt pour songer à ce genre de choses, mais il ne pouvait pas s'en empêcher. Il savait qu'il l'emmènerait très vite les rencontrer. Il n'aimait pas voir cela comme une sorte de test, mais il était assez vieux à présent pour savoir ce qu'il voulait, et s'il paraissait trop rigide à cause de ça, eh bien, tant pis !

Abe était prêt à avoir une compagne bien à lui, surtout en voyant combien Caroline et Matthew étaient heureux ensemble. Il n'avait jamais songé à Adélaïde dans ce rôle. Il s'était dit qu'il passait seulement du bon temps avec elle. C'était un bon coup et cela lui avait suffi. S'il avait conscience qu'elle était médisante et prétentieuse, il n'avait jamais vraiment réfléchi à ce qui l'avait réellement dérangé en elle, pas plus que dans toutes ses autres relations.

Et puis, ça l'avait frappé au milieu de l'enfer des flammes qui léchaient les murs, dans l'atmosphère de la pièce qui se raréfiait... ce qui rendait Alabama différente de toutes les autres femmes qu'il ait jamais connues. La vie tout entière d'Abe était mise au service des autres. Il ne le reprochait à personne, c'était ainsi. C'était une seconde nature pour lui que d'ouvrir les portes, boucler la ceinture de sécurité d'une femme, tirer sa chaise – être courtois et serviable, en somme. Son travail au sein des Forces Spéciales n'avait fait que renforcer cet instinct de protection. C'était toujours lui qui se précipitait pour sauver les autres. Il était au top de son efficacité quand on l'envoyait sauver la vie de quelqu'un, en mission de secours. C'était son travail, son devoir, et il le faisait bien.

Mais le simple fait qu'Alabama ait pris le temps de l'asperger d'eau et de trouver une veste pour l'en couvrir l'avait sidéré. Elle l'avait fait sursauter en lui renversant la carafe d'eau sur la tête, mais heureusement, il avait immédiatement compris ce qu'elle faisait. Il ne se serait jamais pardonné d'avoir eu un geste agressif contre elle, s'il avait cru que c'était une menace.

Mais ce qui avait convaincu Abe, c'était lorsqu'ils rampaient à terre, quand Alabama avait tendu la main en arrière pour lui donner un tissu à travers lequel respirer. Elle n'avait rien dit ; elle n'attendait rien de lui. Elle avait simplement agi afin de faire quelque chose *pour* lui. Tout simplement.

Abe doutait qu'elle réalise pleinement ce que représentaient ses actes à ses yeux. Personne ne « prenait soin » de lui. C'était lui qui prenait soin des autres, toujours. Même sa mère ne s'était pas occupée de lui depuis très longtemps ; pas depuis qu'il était petit. Il l'appelait toujours toutes les semaines quand il n'était pas en mission afin de s'assurer qu'elle se porte bien, de voir si elle avait besoin de quoi que ce soit. Il effectuait de petites corvées dans la maison et s'assurait généralement que tout se passe au mieux.

Il en allait de même avec ses sœurs. Abe prendrait toujours soin d'elles. Il les aimait, bien sûr, mais c'était plus que ça. Il ne voulait pas qu'elles rencontrent la moindre difficulté s'il pouvait l'empêcher. Il mettait toujours les petits plats dans les grands pour leurs anniversaires et pour Noël.

Mais personne ne s'occupait de lui. D'ailleurs, il ne s'en était pas rendu compte avant qu'Alabama ne lui tende cette satanée serviette. Même lorsqu'il était malade, il se débrouillait tout seul. Une fois, il avait eu un petit accident de voiture et sa famille ainsi que l'équipe des SEAL lui avaient rendu visite à l'hôpital, mais une fois qu'il avait pu en sortir, ils étaient tous rentrés chez eux et avaient repris le cours de leur existence. Il ne s'était pas senti négligé à l'époque, mais maintenant ? Cette serviette signifiait tout pour lui. Il regrettait de ne pas l'avoir conservée. Il l'aurait encadrée pour l'accrocher au mur.

Il voulait lui demander pourquoi elle avait fait ça. Ce qui l'avait frappé, c'était qu'ils étaient au milieu d'une situation potentiellement mortelle lorsqu'elle avait eu ce geste. Bon sang, ils ne se connaissaient même pas. Il ne connaissait aucune autre femme qui aurait pris le temps de veiller sur lui dans la même situation. C'était la nature humaine que de sauver sa propre peau en premier. Il l'avait vu et revu dans certaines des missions de sauvetage qu'il avait effectuées, et dans tous les pays étrangers où il s'était rendu au fil des années.

Il ricana amèrement. Adélaïde n'avait certainement pas cherché à savoir comment il allait ni ce qu'il faisait. Ce n'était qu'une fois à l'extérieur, quand l'urgentiste était venu les trouver, qu'elle avait fait mine de s'inquiéter pour lui. Mais il était trop tard. Bien trop tard.

Abe avait toujours beaucoup de questions qui demeuraient sans réponses, mais l'important, c'était qu'il avait ressenti une envie puissante de trouver Alabama. Il devait apprendre à mieux la connaître. Il voulait voir si ce sentiment était mutuel. Tex l'avait taquiné pour en apprendre davantage sur cette mystérieuse Alabama, mais Abe lui avait rétorqué de se mêler de ses affaires.

Il l'avait retrouvée et il l'emmenait boire un café le lendemain matin. Il avait tellement hâte que c'en était presque pathétique. Il espérait pouvoir mieux la connaître. Abe voulait tout savoir. Quel âge elle avait, d'où elle venait, si elle avait des frères et sœurs... Bon sang, il voulait savoir tout ce qu'elle pouvait lui dire. Il émit un petit rire. Il aurait de la chance si elle lui disait quelque chose. Elle semblait aussi discrète qu'une souris. Il ne pouvait pas nier avoir envie d'être l'homme qui saurait la faire sortir de sa coquille. De l'entendre crier son nom de sa petite voix mélodieuse quand il la ferait jouir.

Bon Dieu, il s'imaginait déjà au lit avec elle, avant même leur premier rendez-vous ! Il essaya de contrôler son imagination hyperactive. Il aurait tout le temps de le faire plus tard. Pour le moment, il devait trouver comment convaincre Alabama d'accepter un second rendez-vous.

CHAPITRE CINQ

Alabama ne dormit pas bien cette nuit-là. Elle tourna
et se retourna en se demandant pourquoi Christopher
l'avait invitée à boire un café. Elle craignait que ce soit
un pari, ou bien qu'il pense qu'elle représentait un
défi. Elle ne savait absolument pas pourquoi il l'avait
invitée, *elle*. Adélaïde était belle, et il était évident qu'ils
étaient ensemble. La trompait-elle ? Si c'était le cas,
elle serait extrêmement déçue. Elle voulait qu'il soit
l'homme galant dont elle rêvait.

À vrai dire, elle était inquiète. Une fois, au lycée,
l'un des garçons de l'équipe de football lui avait
demandé si elle voulait le retrouver à la patinoire. Elle
était folle de joie. Elle n'était pas le genre de fille que
les garçons remarquaient. Elle avait passé un long
moment à se préparer pour essayer de se faire la plus

jolie possible. Dans sa hâte, elle était même arrivée à la patinoire plus tôt que prévu.

Alors qu'elle attendait le garçon, elle s'était rapidement rendu compte que c'était une mauvaise blague. Tous les autres joueurs de l'équipe étaient là, avec la plupart des pom-pom girls. Ils défilaient à côté de sa table en patins, pouffant et riant. Après avoir passé une heure assise toute seule à subir les regards et les rires moqueurs, elle s'était éclipsée hors du bâtiment, humiliée. Elle avait découvert par la suite que c'était une sorte d'initiation pour le garçon. Le reste de l'équipe l'avait mis au défi d'inviter la fille « bizarre » de l'école. Il l'avait fait et la blague était devenue tristement célèbre entre les murs de son lycée.

Alabama avait sincèrement cru qu'il l'avait invitée parce qu'il avait vu en elle une qualité digne de l'intéresser. Elle avait dû attendre de quitter le lycée pour essayer à nouveau de sortir avec un mec. Malheureusement, cette tentative s'était également soldée par un désastre. Elle avait perdu sa virginité avec cet homme, seulement pour découvrir ensuite qu'il cherchait à rendre son ex-copine jalouse et qu'il ne l'aimait pas vraiment. Bien entendu, il s'était « abaissé » à coucher avec elle, même s'il n'avait jamais plus voulu la revoir après. L'expérience avait été embarrassante et, en matière d'hommes, une déception supplémentaire au sein d'une longue série.

Étant donné son passé, Alabama ne comprenait

pas pourquoi Christopher l'avait invitée avec une sincérité manifeste. Elle n'était qu'une femme de ménage, tandis que lui... eh bien, elle n'avait aucune idée de ce qu'il faisait, mais elle était certaine qu'il se distinguait.

Après quelques heures passées à se retourner dans son lit et à se rendre malade d'inquiétude, elle se dit qu'il l'avait certainement invitée à prendre un café pour se venger d'Adélaïde. Elle décida de ne pas ouvrir la porte lorsqu'il viendrait dans la matinée. Elle ferait semblant de ne pas être à la maison. Il frapperait, puis il s'en irait. Elle pourrait alors éviter l'embarras et l'humiliation qu'il était certainement en train de lui réserver.

Alabama fut bien trop nerveuse pour avaler quoi que ce soit, ce matin-là. Elle s'était levée très tôt et avait fait les cent pas dans la maison. Elle décida enfin d'enfiler un jean et un haut à manches longues au décolleté en V. Elle ne s'attendait pas à voir Christopher, mais juste au cas où, elle voulait être prête.

À la dernière minute, elle se dit qu'elle aurait probablement dû quitter la maison au lieu de rester à l'intérieur et de faire semblant d'être sortie, mais le temps qu'elle se décide, il était trop tard.

À 10 h 55 précises, Christopher frappa à la porte.

— Alabama ? Tu es là ? Allez, ma belle. Ouvre la porte.

Elle garda le silence et se mordit la lèvre avec appréhension.

— Je sais que tu es là. Ouvre la porte et parle-moi ; laisse-moi au moins te voir pour que je sache que tu vas bien. Si tu ne viens pas, j'en déduirai que tu as été plus affectée par l'incendie que tu n'as bien voulu le dire et j'enfoncerai la porte pour m'assurer que tu es toujours vivante.

Alabama luttait contre elle-même. Bon sang. Elle allait être obligée d'ouvrir. Elle ne voulait pas payer pour faire remplacer cette stupide porte. Elle se dit qu'il était capable d'exécuter sa menace ; il l'enfoncerait si elle ne lui ouvrait pas. Il était assurément assez fort pour le faire sans même verser une goutte de sueur.

Elle se dirigea rapidement vers la porte et l'ouvrit d'un cran, comme elle l'avait fait la veille. Christopher était appuyé contre le chambranle, plus sexy qu'il n'était en droit de l'être. Il portait un jean délavé et des baskets élimées. Son polo avait quelques boutons ouverts au col et il portait un coupe-vent léger par-dessus son épaule pour compléter sa tenue. Ses cheveux étaient décoiffés, comme s'il y avait passé la main plusieurs fois.

— Bonjour, Alabama. Tu es prête ?

On aurait dit qu'il ne venait pas de lui annoncer qu'il défoncerait sa porte si elle ne venait pas ouvrir quelques secondes auparavant.

Elle aurait dû avoir peur de lui – il venait quand même de la menacer, après tout –, mais elle en était incapable. Elle savait qu'il ne lui ferait aucun mal. Elle ignorait comment elle le savait, mais c'était vrai. Elle répondit par un hochement de tête et recula pour aller chercher son sac.

Abe ouvrit doucement la porte et fit un pas à l'intérieur de son appartement. Ce n'était pas très grand, mais c'était propre et accueillant. Elle avait disposé des sets de table sur la petite table de cuisine sous laquelle étaient rangés deux tabourets. Un vase rempli de fleurs sauvages était posé dessus. La pièce était chichement meublée et on y était à l'étroit. Il y avait un lit à une place contre le mur, sur lequel elle avait disposé une couverture, ainsi qu'une causeuse élimée de l'autre côté. C'était un meuble d'occasion, parce qu'il y avait un drap jeté dessus et que les pieds avaient été sciés.

Il y avait une petite télévision en face du canapé, posée, encore une fois, sur une table qui avait connu des jours meilleurs. Même s'il était évident que la plupart des choses étaient d'occasion, rien ne semblait négligé. Alabama avait pris grand soin d'essayer de tout nettoyer et de tout polir. Elle avait passé beaucoup de temps à s'occuper de sa maison et Abe l'appréciait plus encore que le grand appartement étincelant et parfait d'Adélaïde.

Elle se dirigea vers le plan de travail de la cuisine et prit un petit sac à main. Quand elle se retourna, il ne put s'empêcher d'être ébloui par sa personne. Son décolleté discret était tout le contraire de la provocation, mais il lui donnait un côté franchement sexy. Il entrapercevait sa poitrine, et en fin connaisseur de la chose, il constata qu'elle était entièrement naturelle. Il n'avait pas pris conscience avant cet instant qu'il avait horreur des faux seins.

Alabama se retourna vers Christopher, qui était entré dans la pièce. Elle était embarrassée qu'il voie son petit appartement. Elle savait qu'il n'avait rien de spécial, mais c'était tout ce qu'elle pouvait se permettre. Elle avait galéré pour trouver les meubles qui conviendraient à sa maison. Elle avait passé quelques semaines à visiter différentes boutiques d'occasion et des vide-greniers afin de trouver ce qui lui conviendrait. Ce n'était pas neuf, mais c'était confortable ; c'était tout ce qui comptait.

Or à présent qu'elle le voyait à travers les yeux de Christopher, elle avait honte. Cela sautait aux yeux que tout était vieux et élimé. Elle retourna auprès de lui en regardant par terre, espérant pouvoir survivre à la matinée et aux humiliations qu'elle lui réservait.

Abe saisit Alabama par le coude lorsqu'elle se rapprocha de lui.

— J'aime bien ton appartement, Alabama.

Il fut surpris quand elle répondit par un reniflement. Il sourit. Seigneur, c'était mignon.

— Non, sérieusement, tu as vraiment réussi à

rendre cet endroit confortable. Oh, je sais, ce n'est peut-être pas le luxe, mais c'est tout à fait toi. C'est douillet et il y a de la vie. Je préférerais de loin vivre ici que dans un endroit design tout en angles, coincé et trop luxueux. Tu as fait du bon travail.

Alabama leva la tête. Était-il sérieux ? Elle vit le petit sourire sur son visage quand il baissa les yeux vers elle. Ouah. Il *était* sérieux.

— Merci, dit-elle doucement en lui rendant un sourire timide.

Satisfait de la voir prendre son compliment aussi bien, Abe la fit sortir et tendit la main.

— Tes clés.

Il rit devant l'air confus d'Alabama.

— Donne-moi tes clés, ma belle. Je vais fermer la porte pour toi.

Alabama regarda les clés qu'elle serrait toujours dans ses mains. Pourquoi voulait-il fermer sa porte ? Elle pouvait très bien le faire. Cependant, elle ne dit rien et laissa tomber son trousseau dans la paume qu'il lui tendait, puis le regarda mettre la clé dans la serrure et la faire tourner. Mais quand il plaça les clés dans sa poche après-coup, elle ne put rester silencieuse.

— Rends-les-moi, dit-elle sérieusement sans le regarder dans les yeux, en essayant de ne pas paniquer.

Abe avait mis les clés dans sa poche sans même y penser. Il les avait gardées tout naturellement, comme s'il avait l'intention d'être là pour lui ouvrir la porte quand il la ramènerait. À l'intonation d'Alabama, il se retourna. Elle paniquait. C'était évident, particulièrement pour lui qui était exercé à interpréter le langage corporel. Il fourra immédiatement la main dans sa poche afin d'en retirer le trousseau.

— Ne panique pas, ma belle, les voilà. Je suis désolé, je n'avais pas l'intention de te faire peur. C'était machinal. Je n'essayais pas de t'empêcher de rentrer chez toi.

Alabama poussa un soupir de soulagement et referma les doigts autour des clés. Il avait raison. Elle *avait* paniqué. Une fois, elle avait habité dans un foyer d'accueil où les parents ne donnaient pas les clés de la maison aux enfants. Elle devait tout le temps rester assise sur le perron à attendre qu'ils rentrent pour lui ouvrir la porte. Elle s'était sentie comme une étrangère dans sa propre maison. Un soir, elle s'était retrouvée enfermée dehors toute la nuit parce qu'ils avaient passé la soirée ailleurs sans lui dire qu'ils partaient. Depuis, elle tenait à toujours avoir les moyens de rentrer chez elle. Elle lui adressa un remerciement gêné, puis elle laissa tomber les clés dans son sac.

Abe la guida jusqu'à sa voiture, une berline quatre portes tout ce qu'il y avait d'ordinaire. Sans trop savoir pourquoi, Alabama l'avait imaginé avec quelque chose d'un peu plus tape-à-l'œil.

Il avait sans doute deviné son trouble, car il lui dit sans la moindre trace d'embarras :

— Je sais que ce n'est pas très luxueux, mais je préfère la fiabilité au clinquant.

Quand ils arrivèrent du côté passager, Abe ouvrit la portière et attendit qu'elle s'asseye. Puis il prit la ceinture de sécurité et la lui tendit.

Alabama s'en saisit sans un mot et regarda Christopher contourner le capot de la voiture. Elle continua de l'observer alors qu'il s'asseyait sur le siège conducteur et se mettait à l'aise.

Quand il se tourna dans sa direction et vit qu'elle le regardait aussi, il lui adressa un petit sourire en demandant :

— Quoi ?

Alabama se contenta de lui sourire timidement et secoua la tête. Elle ne parvenait pas à mettre des mots sur ce qu'elle ressentait, même si elle n'avait aucune réticence à parler.

Abe n'insista pas ; il se contenta de démarrer la voiture et quitta le bâtiment. Ils ne parlèrent pas durant le trajet, mais le silence n'était pas gênant. Alabama se sentait en sécurité en sa compagnie. Il était bon conducteur. Il n'était pas téméraire ; il ne conduisait pas lentement, mais il n'avait pas non plus le démon de la vitesse.

Ils se garèrent devant le petit café local. C'était un établissement charmant du nom de *Café et plus*. Alabama y était venue plusieurs fois par le passé et elle avait apprécié les petits en-cas et les cafés parfumés qu'ils proposaient.

Abe gara la voiture et se tourna vers elle.

— Reste là, je vais faire le tour et t'ouvrir la porte.

Il attendit qu'Alabama hoche la tête avant de sortir pour venir de son côté. Il ouvrit la portière et lui tendit le coude alors qu'elle quittait le siège passager.

Comme ils se dirigeaient vers l'entrée, Alabama sentit la main de Christopher au creux de son dos. Il ne la pelotait pas, mais la guidait avec assurance vers l'endroit où il souhaitait qu'elle aille, sans lui ouvrir la route. C'était agréable. Cela faisait si longtemps qu'on ne l'avait pas touchée. Elle menait une existence solitaire et personne n'avait jamais posé la main sur elle de façon aussi affectueuse. Cela ne lui avait pas manqué, jusqu'à l'instant précis où elle sentit la main de Christopher qui lui réchauffait le dos.

Abe ouvrit la porte et suivit Alabama à l'intérieur de la petite boutique. Le décor était tout aussi adorable que la façade.

D'un côté de la pièce se trouvaient le comptoir et la cuisine. Le reste de la salle était occupé par des sièges. Il y avait quelques causeuses avec de gros coussins moelleux. Quelques tables étaient également éparpillées autour de la pièce. Certaines étaient carrées et d'autres rondes. Il y avait même une longue table contre le mur devant des prises électriques, pour les clients qui souhaitaient s'asseoir et utiliser leur ordinateur tout en buvant leur café. Deux tapis circulaires aux couleurs vives étaient disposés sur le sol. Ils éclairaient la pièce et la rendaient plus cosy.

Les peintures accrochées au mur avaient été réalisées par des enfants, encadrées comme si c'étaient des tableaux de maître. Alabama avait entendu dire que le propriétaire organisait une compétition annuelle, et l'enfant qui la remportait voyait sa peinture suspendue au mur. L'endroit était confortable. La musique n'était pas trop forte. C'était un lieu où les gens pouvaient se détendre. Elle avait toujours aimé ce café et elle était heureuse que Christopher l'ait choisi.

Elle ne savait toujours pas pourquoi il avait choisi de l'inviter, alors en attendant, elle suivait le mouvement.

— Qu'est-ce que je te commande, ma belle ? demanda-t-il en l'emmenant vers le comptoir.

— Un latte à la vanille, s'il te plaît.

— Pas de problème. Tu veux manger quelque chose ?

Quand elle secoua la tête, il lui dit :

— Très bien, je m'en occupe. Va choisir où tu veux t'asseoir, je te rejoins.

Alabama hésita pendant une seconde seulement. Elle aurait dû lui proposer de payer, mais elle savait qu'il s'en serait probablement vexé. Elle haussa mentalement les épaules. Ce n'était qu'un café, après tout.

Elle se dirigea vers une petite table circulaire près

du mur de l'autre côté du restaurant et s'assit face à la pièce. Alabama vit Christopher la rejoindre à grands pas quelques instants après. Il portait deux cafés et un petit sac.

Quand il arriva près de la table, Alabama s'attendait à ce qu'il s'asseye et entre directement dans le vif du sujet.

Abe mit les boissons sur la table et y déposa aussi le sac de muffins. Comme il ne s'asseyait toujours pas, Alabama leva les yeux vers lui. Abe semblait gêné. Il se gratta la nuque. Enfin, il dit :

— Ma belle, je ne veux pas te mettre mal à l'aise, mais je ne peux pas m'asseoir le dos tourné à la pièce.

Alabama ne comprit pas. Elle lui adressa un regard interrogateur.

— Je suis membre des Forces Spéciales, expliqua-t-il. On m'a formé à rester conscient de mon environnement à tout moment. Je ne peux pas tourner le dos à la salle. J'ai besoin de m'installer là où je peux voir ce qui se passe. Tu veux bien changer de place avec moi ?

Alabama comprit. *Bien sûr*, il était soldat. Elle aurait dû s'en douter. Elle avait choisi le siège dos au mur, lui laissant la chaise de l'autre côté de la petite table. Elle se redressa lentement et marmonna « pardon » tout en le contournant pour aller prendre l'autre place.

Abe lui bloqua le passage et mit une main sous son menton, la forçant à le regarder.

— Ne t'excuse pas, ma belle, tu ne savais pas. On peut aussi s'asseoir tous les deux de ce côté, si tu veux.

Sans lui laisser le temps d'accepter ou de refuser, il passa la main autour de sa taille pour l'écarter doucement de la table. Il s'empara de la chaise qu'elle venait de libérer et la fit glisser de trente centimètres. Puis il se pencha et prit l'autre chaise, la poussant contre le mur près de la première.

Enfin, sa main retrouva sa taille et il la dirigea vers la chaise la plus éloignée. Une fois qu'elle se fut installée, il prit place à côté. C'était serré. Son genou frôlait celui d'Alabama et leurs bras se touchaient. Il tendit la main vers le sac et en tira deux muffins, puis il déplia une serviette devant elle et y plaça la plus grosse des pâtisseries. Il poussa le latte à la vanille devant Alabama avant de sortir son propre muffin.

— Alors, dis-moi tout de toi, fit-il en se tournant vers elle. Je veux tout savoir.

CHAPITRE SIX

Alabama, en état de choc, dévisagea Christopher. Lui
dire tout ? Pas possible, non. Il ne voulait vraiment pas
le savoir.

Devant son air incrédule, Abe ricana.

— Trop vite ? D'accord, et si je commençais ?

Alabama ne savait pas ce qui lui arrivait. Elle s'était
dit qu'il voulait simplement la remercier. Et maintenant, il voulait tout savoir d'elle ? Et il avait envie de lui
parler de lui ? Elle ne comprenait pas la situation.

— Tu sais que je m'appelle Christopher Powers. J'ai
deux sœurs qui sont toutes les deux plus jeunes que
moi. J'ai trente-quatre ans. Je suis membre des Forces
Spéciales. Mes amis m'appellent Abe. J'aime mon
travail parce que j'aime mon pays. Mais parfois, je
n'aime pas ce que je vois en mission. Je n'ai jamais été
marié et je n'ai pas eu l'occasion de l'être. J'ai eu une

seule relation sérieuse dans ma vie, quand j'avais seize ans.

Il s'interrompit, sourit et poursuivit.

— J'ai vu beaucoup de choses et j'ai souvent roulé des mécaniques, mais rien ne m'a plus impressionné que ton comportement dans cette pièce qui brûlait autour de nous. Tu as gardé la tête froide, tu as sauvé de nombreuses vies ; tu *m'as* sauvé la vie. Merci.

Alabama ne savait pas quoi dire. Elle détourna les yeux, les braquant vers la table et le muffin dont elle avait arraché des morceaux du bout des doigts pendant qu'il parlait.

Abe tendit la main et mit un doigt sous son menton, lui faisant lever la tête pour qu'elle le regarde à nouveau dans les yeux. Dieu, elle était belle ! La plupart des femmes qu'il avait connues par le passé se seraient contentées de minauder en roucoulant et auraient pris ses paroles pour une invitation à se blottir contre lui et à se rapprocher. La peau qu'il sentait sous son doigt était chaude et lisse. Il voulait prendre sa joue dans sa main, mais il savait que cela aurait été trop intense pour elle, pour le moment. Bientôt.

— Je n'ai pas dit ça pour te mettre mal à l'aise, ma belle. Je voulais simplement que tu saches à quel point j'apprécie ce que tu as fait pour moi. Je suis un grand méchant SEAL, personne ne s'occupe de moi. Mais quand tu l'as fait, c'était génial. Alors, je te remercie.

Alabama se contenta de hocher la tête. Seigneur,

c'était... elle ne trouvait pas les mots. Chaque fois qu'il l'appelait « ma belle », elle sentait son cœur bondir. Jamais un homme ne lui avait parlé comme si elle était importante, comme s'il ne souhaitait pas se trouver ailleurs qu'en sa compagnie. La chair de poule lui remonta le long des bras. Sentir la main de Christopher sur sa peau avait été si agréable. Elle voulait se pelotonner contre lui, sentir sa main courir dans ses cheveux, mais elle ne le connaissait pas. Il était simplement reconnaissant envers elle, voilà tout. D'ailleurs, c'était ce qu'il venait à peine de dire.

— Je... de rien, parvint-elle à articuler d'une petite voix.

Abe lui lâcha le menton et lui prit la main. Il mêla ses doigts aux siens et les pressa.

— Très bien, à ton tour. Parle-moi de toi.

Alabama se glaça. Elle ne pouvait pas. Elle n'était absolument pas intéressante. Par habitude, elle regarda nerveusement autour d'elle. En grandissant, elle s'était toujours assurée que Maman ne se trouve jamais dans les parages quand elle avait besoin de dire quelque chose. Elle détestait ce réflexe, mais elle ne parvenait pas à s'en défaire. Elle s'était laissé surprendre par Maman bien trop de fois pour s'en empêcher. Comme personne ne ressemblait à sa mère dans le café, Alabama se retourna prudemment vers Christopher.

— Je m'appelle Alabama Smith. J'ai trente ans.

J'habite ici depuis plusieurs années. Je suis fille unique et je n'ai pas de famille. Je suis toute seule.

Elle s'arrêta. Que pouvait-elle lui dire d'autre ? Elle n'avait rien d'autre. Son travail n'était pas intéressant. Elle était simplement... elle.

— Continue, ma belle, l'encouragea Abe. Dis-m'en davantage. Je veux tout savoir.

— C'est tout. Il n'y a pas grand-chose à dire.

— J'en doute. Alabama, tu es géniale. Tu as bâti un foyer chaleureux dans un tout petit appartement que la plupart des gens ne considéreraient même pas. Tu as sauvé la vie de dizaines de personnes cette semaine. Tu es belle. Je veux tout savoir de toi. Ta couleur favorite, ton plat préféré, ce que tu aimes manger, où tu es allée à l'école... tout. J'aimerais te revoir ; peut-être pas aujourd'hui. J'ai envie d'apprendre à te connaître.

Alabama ne put que le regarder fixement. Que lui voulait cet homme magnifique ? Était-il en train de se moquer d'elle ? Comme au lycée ? Elle ne put retenir les mots qui lui sortirent de la bouche :

— Tu as perdu un pari ?

Abe vit Alabama rougir. Elle était tellement mignonne, mais il n'aimait pas ce que sa question impliquait. Il lui serra à nouveau les doigts et fit courir son pouce sur le dos de sa main. Son manque d'estime de soi ne lui plaisait vraiment pas, ni ce qui avait pu lui arriver dans sa vie pour qu'elle devienne ainsi.

— Non, ma belle. Je suis ici parce que je te vois. Je

suis ici parce que j'aime ce que je vois. Je veux apprendre à mieux te connaître parce que jamais personne ne m'a affecté comme tu le fais. Je ne suis pas un garçon qui te manipule ; je suis un homme. Je suis un homme qui a vu une femme, cette femme a retenu son attention, et maintenant, il souhaite mieux la connaître.

— Je ne comprends pas.

Alabama était frustrée de ne pas parvenir à exprimer ce qu'elle voulait dire. Elle était consciente de son physique. Elle n'était pas un troll, mais elle ne ressemblait pas non plus à Adélaïde. Elle n'était pas à la mode, elle n'était pas à tomber, elle n'était pas... elle n'était tout simplement pas le genre de femmes avec qui elle l'imaginait.

Changeant de position pour s'asseoir de profil sur sa chaise, Abe se tourna aussi vers Alabama. Il tendit la main et fit pivoter la chaise sur laquelle elle était assise, puis il fit glisser la sienne près d'elle sans lui laisser d'autre choix que d'écarter les jambes pour lui faire de la place. Leur position était intime. Il lui prit l'autre main alors qu'ils étaient assis en face l'un de l'autre. Alabama sentit sa respiration s'accélérer et son cœur se mit à battre la chamade. Bon sang de bonsoir. Il était intense, mais d'une façon positive.

— Alabama, regarde-moi. Est-ce que j'ai l'air d'avoir du mal à trouver une femme ?

Il ne montrait aucune arrogance ; il voulait simplement lui faire comprendre. Quand elle secoua la tête avec enthousiasme, il ricana et poursuivit :

— Exactement. Je suis ici parce que j'ai envie de l'être. Les femmes comme Adélaïde sont jolies à regarder, mais elles ne sont pas belles à l'intérieur. Elles me veulent parce que je suis un soldat d'élite. Ou bien parce que je suis musclé. Elles me veulent parce qu'elles pensent que je peux leur apporter quelque chose. Je n'ai pas l'impression que c'est comme ça que tu me vois. J'ai raison ?

Alabama hocha lentement la tête. Ce n'était certainement pas ainsi qu'elle le percevait. Si elle avait eu un minimum de jugeote, elle aurait choisi un homme quelconque, qui se fondrait dans la masse comme elle. Elle ne savait pas pourquoi elle avait ressenti une attirance instantanée envers Christopher, elle savait simplement que c'était vrai.

— Adélaïde n'est pas une bonne personne, Alabama. Je le savais déjà avant hier soir et j'allais rompre avec elle. Elle m'a seulement invité à cette fête parce qu'elle voulait me montrer à tout le monde. Mais toi, tu m'as *vu*. Même si je me suis comporté comme un con, tu m'as immédiatement pardonné.

Abe changea abruptement de sujet, essayant de faire comprendre sa pensée à cette femme timide assise en face de lui.

— J'ai sauvé des centaines de vies. J'ai connu des situations que l'on ne voit que dans ses cauchemars.

L'incendie de cette nuit n'est rien comparé à ce que j'ai vécu. J'ai vu que les gens avec lesquels tu parlais rampaient dans une autre direction et je m'apprêtais à m'y rendre moi-même quand tu es sortie de la fumée. Personne d'autre que ma mère lorsque j'étais bébé – ainsi que mes co-équipiers – ne m'a protégé comme tu l'as fait. Tu as mis ta vie en danger pour moi. Pour *moi*. Tu crois que je n'ai pas vu que tu es revenue traverser la pièce pour moi au lieu de t'enfuir ? Si. C'est pour ça que j'avais envie de te connaître. C'est pour ça que tu es tellement meilleure que ces femmes comme Adélaïde. Tu es une bonne personne à l'intérieur et c'est ce que j'ai vu cette nuit. C'est la personne que j'ai envie de connaître. Tu vas m'autoriser à le faire, hein ? Tu vas me laisser t'inviter pour un vrai rendez-vous ?

Alabama se contenta de contempler béatement l'homme séduisant assis en face d'elle. Elle n'était toujours pas sûre à cent pour cent qu'il dise la vérité. Elle était Alabama, tout simplement. Une femme brisée par une enfance terrible. Cependant, elle ne pouvait pas s'empêcher de *vouloir* le croire. De *vouloir* croire au conte de fées.

On ne pouvait nier que Christopher était bel homme. Il était grand. Elle aurait préféré qu'il ait les cheveux un peu plus longs, mais force était d'avouer que la coupe militaire lui seyait. Il était tout en muscles. Il n'avait probablement pas un gramme de graisse. Christopher était assurément au top de sa forme, prêt à partir avec son équipe pour n'importe quelle mission. Mais au-delà de ces apparences, elle voulait croire que c'était un homme bon. Quand il avait parlé de ses sœurs, elle avait entendu la fierté dans sa voix. Elle savait que faire partie d'une équipe des Forces Spéciales était l'un des emplois les plus difficiles au sein de l'armée. Il mettait sa vie en jeu tous les jours pour son pays, et la plupart du temps, personne ne prenait jamais conscience du caractère dangereux de son boulot.

— Merci d'avoir servi notre pays, dit-elle machinalement.

Elle avait envie de se frapper le front. Bon sang, elle était tellement nunuche. Il lui demandait s'ils pouvaient se revoir et voilà ce qu'elle lui avait répondu.

Abe se contenta de sourire et pressa l'une de leurs mains jointes contre sa bouche. Il lui embrassa le revers de la main et ses lèvres s'y attardèrent un moment tandis qu'il la regardait dans les yeux.

— Merci, ma belle. Et maintenant... à propos du rendez-vous...

— Oui.

Le sourire qui illumina le visage de Christopher était éblouissant.

— Ce n'était pas si difficile, n'est-ce pas ? On peut s'échanger nos numéros de portable, je vais organiser quelque chose et je t'appellerai.

En voyant qu'elle se renfrognait brusquement, il demanda :

— Quoi ? Qu'est-ce qui ne va pas ?

— Je n'ai pas de portable, admit-elle d'un air penaud.

Elle n'avait pas les moyens d'en avoir un. Cent dollars par mois, c'était trop. Elle avait honte. *Tout le monde* avait un portable par les temps qui couraient. Mais puisqu'elle n'avait pas beaucoup d'amis, elle n'en voyait pas l'utilité. Elle avait une ligne fixe dans son appartement, mais elle n'avait jamais possédé de portable.

— Mais tu as un téléphone ? À la maison ?

Quand elle hocha la tête, Abe poursuivit :

— Alors, pas de problème, donne-moi juste ce numéro, je te donnerai le mien et je t'appellerai. D'accord ?

Christopher voyait qu'elle était embarrassée de ne pas avoir de téléphone portable et il s'efforça de minimiser la chose. Il était surpris, pour être honnête. Il n'avait jamais rencontré quelqu'un qui n'ait pas de téléphone. Mais il n'allait certainement pas le lui faire savoir. Il ne voulait pas la gêner davantage.

Abe n'aimait pas savoir qu'elle n'avait aucun moyen de contacter quelqu'un au cas où elle aurait une urgence. Il pouvait se passer n'importe quoi, sa voiture pouvait tomber en panne, elle pouvait avoir un accident, ou bien se faire cambrioler... les malheurs se succédèrent dans sa tête, les uns après les autres. Il songea à Caroline. Bon sang, quelqu'un s'était introduit dans son appartement. Si elle n'avait pas eu son portable, la police ne serait peut-être pas arrivée à temps.

Abe ne put s'empêcher d'imaginer Alabama coincée quelque part sans avoir de moyen de joindre qui que ce soit... et notamment lui, si elle avait besoin d'aide.

Devant son expression, elle ressentit le besoin de s'expliquer.

— J'ai l'intention d'acheter l'un de ces téléphones sans forfait pour les urgences, mais je ne l'ai pas encore fait.

— Ce n'est pas grave, ma belle. Tu n'as pas besoin de te justifier. Tout le monde aujourd'hui est bien trop dépendant de son portable. On ne s'arrête plus pour parler aux gens ; on garde toujours le nez braqué sur son petit écran pour voir le dernier tweet d'un acteur hollywoodien qui pue le fric.

Il sourit à Alabama et elle se détendit légèrement. Seigneur, il aurait tant voulu la prendre dans ses bras et l'emmener à la maison pour la dissimuler aux yeux du monde. Rien dans sa vie ne l'avait préparé à elle. Mais il n'allait pas battre en retraite, même s'il prenait des risques. Et elle aurait un téléphone avant d'avoir le temps de dire ouf, c'était certain. Il s'en occuperait pour elle.

— D'accord, alors je t'appelle ce soir ?

En attendant qu'elle hoche la tête, il continua :

— Je vais prévoir quelque chose pour vendredi. Tu es occupée ce jour-là ? Il faut que je passe à la base durant la matinée pour les entraînements, mais après, j'ai le week-end de libre, tant qu'on ne fait pas appel à nous. Ça reste une possibilité. Ça te dérange ?

Alabama y réfléchit. Cela la dérangeait-il ? Oui, mais probablement pas de la façon dont il pensait. Elle regarda à nouveau furtivement autour d'elle, s'assurant de pouvoir s'exprimer, puis elle lui dit avec plus d'honnêteté qu'elle aurait dû en montrer à ce stade de leur relation aux contours encore flous.

— Oui. Non parce que tu ne seras pas capable de m'emmener quelque part, mais parce que tu seras en mission et que je sais que c'est dangereux. Je m'inquiéterai pour toi.

Il n'aimait pas la fébrilité avec laquelle elle regardait autour d'elle avant de parler, mais il mit cette idée de côté pour le moment, se concentrant plutôt sur ce qu'elle avait dit.

— Merci de t'inquiéter pour moi, ma belle. Je suis entraîné. Mes co-équipiers aussi. Je peux compter sur eux et eux sur moi. Je sais qu'on ne se connaît pas encore très bien, mais tu dois comprendre ceci : je ferai tout ce qui est en mon pouvoir pour revenir sain et sauf. Je crois que je viens de découvrir une autre raison de revenir à la maison en un seul morceau.

Le visage d'Alabama s'enflamma. Bon sang. Il était intense. Toute cette conversation était intense. C'était fou. Comment pouvait-il ressentir toutes ces choses pour elle alors qu'il ne la connaissait même pas ? Et elle, comment pouvait-elle ressentir cela pour lui ?

Le rouge monta au visage d'Alabama. Seigneur, elle était mignonne. Afin d'alléger l'atmosphère, il lui lâcha les mains à contrecœur et recula légèrement sa chaise.

— Allons, finissons notre petit-déjeuner et je te ramène chez toi. Malheureusement, j'ai des choses à faire à la base aujourd'hui, mais je t'appellerai plus tard dans la soirée.

Alabama était appuyée contre le chambranle de la porte de son appartement. Elle écoutait Christopher qui s'en allait, descendant le couloir miteux de son immeuble. Ils avaient terminé leurs muffins et leurs cafés et il l'avait raccompagnée chez elle. Il avait insisté pour l'escorter jusqu'à sa porte d'entrée. Elle était nerveuse, se demandant s'il allait l'embrasser. Il ne l'avait pas fait, mais il lui avait pris le visage entre les mains et avait brièvement appuyé son front contre le sien.

— Referme la porte derrière toi, ma belle. D'accord ? Je veux entendre la chaîne s'enclencher.

C'était une chose étrange à dire dans une position

aussi intime, mais elle ne put que hocher la tête. Christopher avait inspiré profondément et s'était redressé, sans ôter les mains de son visage. Enfin, il avait fait courir sa paume sur les cheveux d'Alabama tout en lui pressant doucement l'épaule de l'autre.

— Je te parle plus tard.

Alabama savait qu'il avait attendu derrière la porte, le temps de l'entendre refermer et enclencher la chaîne de sécurité. Puis il avait descendu le couloir.

Elle se laissa glisser à terre, serrant les genoux contre sa poitrine. Ouah. La matinée avait été irréelle. Elle eut un sourire secret. Irréelle dans le bon sens. Non, *fantastiquement* irréelle.

CHAPITRE SEPT

Alabama avait passé la journée en pilotage automatique. Elle n'avait pas encore contacté les Wolfe à propos de son travail, mais ce serait la première chose sur sa liste le lendemain matin. Elle avait repoussé cet appel, or maintenant, elle ne pouvait plus attendre.

Elle traîna toute la journée, effectuant quelques bricoles dans son appartement. Elle l'avait nettoyé de fond en comble et fait toute sa lessive, y compris les draps et les serviettes ; elle avait même récuré les toilettes. Elle avait essayé de lire un peu, mais les romances dont elle avait l'habitude ne retenaient pas son attention.

Christopher l'appellerait-il ? Il avait *dit* qu'il l'appellerait, mais elle pensait toujours qu'il n'allait pas le faire. Même après tout ce qu'il lui avait dit ce matin-là, elle avait du mal à le croire. À un moment donné, elle mit le film *Belles à mourir* pour essayer de calmer son impatience. Un jour, elle avait acheté un lot de films dans un vide-grenier et elle ne l'avait jamais regretté. Elle avait fait l'acquisition de quelques classiques formidables, comme *Princess Bride*, *À tout jamais*, et même plusieurs saisons de *La Petite Maison dans la prairie*.

Alabama songeait à cet appel annoncé. Elle avait beau avoir du mal à parler aux gens, s'exprimer au téléphone lui venait plus facilement... tant qu'elle pouvait s'isoler dans une petite pièce. Elle se sentait en sécurité ainsi. Si elle se trouvait dans sa propre maison, enfermée dans un endroit où Maman ne pourrait pas la trouver, elle n'avait aucun mal à parler. Elle savait qu'elle aurait probablement eu besoin d'une thérapie, mais pour le moment, ce n'était pas une priorité pour elle.

Alors que le film en était au moment du premier concours de beauté, son téléphone sonna. Elle resta pétrifiée, même si elle s'y attendait à moitié. Ce devait être Christopher. Personne d'autre ne l'appelait jamais.

Alabama arrêta le film, s'empara du téléphone sans fil puis grimpa sur son petit lit. Elle balaya une dernière fois son appartement du regard pour s'assurer d'être seule. Bien sûr, elle l'était. Elle était toujours seule.

Elle se glissa sous les couvertures et s'allongea sur

le côté, se recroquevillant avant d'appuyer enfin sur le bouton du combiné.

— Allô ?

— Salut, ma belle. C'est Abe.

Alabama pouffa.

— Je sais. J'ai reconnu ta voix.

— Tu devrais le faire plus souvent, lui dit Abe.

— Quoi ?

— Rire. Tu as un rire magnifique.

Alabama rougit. Même quand il n'était pas dans la même pièce, il parvenait à l'embarrasser.

— Merci, alors. Comment s'est passée ta journée ?

Abe était ravi qu'elle lui parle. Il n'était pas sûr qu'elle le fasse après avoir appris à la connaître un peu mieux ce matin. Elle n'était certainement pas bavarde, c'était évident. Il avait presque craint de devoir parler tout seul s'il l'appelait. Il était agréablement surpris.

— Très bien. J'ai travaillé avec mon équipe, assisté à quelques réunions, puis j'ai dîné avec Wolf et sa compagne, Ice.

— Wolf ? Ice ? demanda Alabama.

— Oui. Tu te souviens qu'on me surnomme Abe ? Eh bien, le surnom de Matthew est Wolf. Sa copine s'appelle Caroline, mais on la surnomme Ice. Tout le monde dans l'équipe a un surnom. La plupart du temps, c'est en rapport avec la personne. Matthew a reçu le nom de Wolf à cause de sa façon de manger pendant les entraînements pour devenir un soldat d'élite. Il avait l'habitude d'engloutir sa nourriture et de demander du rab. Il dévorait comme un loup affamé et le nom lui est resté.

Alabama aimait entendre Christopher parler de ses amis. Il avait une telle passion dans la voix ! Il était évident qu'il aimait ce qu'il faisait et appréciait vraiment les gens avec lesquels il travaillait.

— Pourquoi « Ice » ? Est-ce qu'elle fait partie de votre équipe aussi ?

— Pas exactement. Nous l'avons rencontrée il y a peu de temps, pendant un vol vers la Virginie. Elle a sauvé tous les passagers de l'avion dans lequel on se trouvait. Des terroristes avaient drogué les glaçons qu'ils avaient mis dans les boissons et avaient prévu de détourner l'avion. Elle est chimiste et elle a réalisé ce qui était en train de se passer. Wolf était assis à côté d'elle. Il a pu nous informer de la situation. Ainsi, nous avons réussi à enrayer leur plan. Ils ont aussi eu d'autres problèmes après, mais tout s'est bien terminé. Ils sont très heureux et je suis fier de les avoir tous les deux pour amis.

Alabama sourit. Elle était morte de peur d'entendre qu'il avait failli mourir, mais contente qu'il ait des amis aussi géniaux.

— Je me rappelle l'avoir vu aux informations. Je suis vraiment contente que vous vous en soyez sortis. Pourquoi est-ce qu'on t'appelle Abe ?

Il éclata de rire.

— Les gars ont commencé à m'appeler comme ça parce que je ne supporte pas quand les gens mentent. Je préfère largement qu'on soit honnête avec moi. Même si c'est quelque chose que je ne veux pas entendre, je veux la vérité.

Alabama hésita. Elle n'était pas certaine de vouloir être à cent pour cent honnête avec lui. Elle avait honte de son histoire. D'un côté, elle savait que ce n'était pas sa faute, mais si sa propre mère ne voulait pas d'elle, alors pourquoi quelqu'un d'autre l'aurait-il acceptée ?

— Ma belle, tu es toujours là ?

— Je suis là.

— Tout va bien ?

— Oui.

— Tu flippes, non ?

Devant son silence, Abe poursuivit :

— Pas besoin. Je ne m'attends pas à ce que tu me dévoiles tout dès le début. Je veux tout connaître de toi, mais je ne veux pas que tu me mentes. Quand tu te sentiras assez en confiance, tu pourras me parler.

— Comment sais-tu que j'ai quelque chose à dévoiler ?

— Ma belle, j'ai fréquenté assez de gens qui souffrent d'un syndrome de stress post-traumatique pour le reconnaître quand je le vois.

Elle voulut l'interrompre pour protester, mais il enchaîna :

— Non, ce n'est pas grave. Je ne sais pas ce qui t'est

arrivé, mais ça ne me fait rien. Tu me plais. J'aime le fait que tu sois douce et que tu réfléchisses à ce que tu vas dire avant de parler. Je n'aime pas te voir regarder autour de la pièce pour voir qui est là avant d'ouvrir la bouche, et j'espère que tu m'en parleras un jour. Mais tu peux être certaine que je ne t'en tiendrai pas rigueur. C'est d'accord ?

— Tu es bien réel ?

Alabama n'en croyait pas ses oreilles. Comment cet homme pouvait-il la connaître sans réellement la connaître ? C'était vraiment étrange.

— Je suis bien réel.

Christopher savait qu'Alabama était en train de flipper, et ce n'était absolument pas son intention.

— Parle-moi de ta journée.

Il avait changé de sujet, espérant la mettre plus à l'aise.

Alabama discuta avec Christopher pendant deux bonnes heures. Ils parlèrent de tout et de rien, des choses sans importance dont les gens discutent quand ils apprennent à se connaître. Elle apprit que sa nourriture préférée était un bon steak bien juteux et il apprit qu'elle aimait aller au cinéma toute seule le week-end pour se perdre dans un bon thriller.

— J'ai vraiment aimé discuter avec toi, lui dit Abe doucement. Mais il faut que j'y aille. J'ai entraînement demain matin et tu as besoin de dormir.

— D'accord, Christopher. Merci d'avoir appelé. J'ai vraiment passé un bon moment.

— Moi aussi. J'aurais simplement préféré que ça se déroule en face à face. Je te recontacte très vite à propos de notre rendez-vous de vendredi, d'accord ?

— D'accord.

— Dors bien. Je penserai à toi.

— Bonne nuit.

— À bientôt.

Alabama raccrocha et serra le combiné contre son cœur. Elle n'avait jamais ressenti cela de toute sa vie. Elle avait l'impression qu'elle comptait aux yeux de quelqu'un. Elle n'avait jamais compté pour personne auparavant. C'était une sensation agréable.

CHAPITRE HUIT

Alabama venait de parler avec Stacey Wolfe. Cette dernière avait été contente de l'entendre et lui avait exprimé ses remerciements pour ce qu'elle avait fait afin d'aider à sauver des vies la nuit de l'incendie. Elle avait assuré à Alabama qu'elle avait toujours un travail. Les Wolfe s'étaient arrangés pour louer un bâtiment près de celui qui était parti en fumée, le temps de reconstruire. Tout serait prêt dans une semaine et Alabama pourrait reprendre son poste.

La société allait même la rémunérer pour la semaine de travail qu'elle n'avait pas pu effectuer. C'était plus que généreux de leur part. Alabama n'était pas certaine de savoir quoi faire avec ce temps libre inattendu. Elle aurait préféré être obligée de s'activer pour ne pas avoir à penser au rendez-vous à venir.

Elle n'avait pas vu Christopher depuis leur sortie

au café, mais ils avaient parlé au téléphone deux autres fois. Leur première conversation avait été courte. Christopher l'avait appelée entre deux réunions juste pour lui dire bonjour. Alabama avait été tellement surprise qu'elle n'avait pas eu grand-chose à dire, mais heureusement, Abe ne parut pas en prendre ombrage.

La seconde fois avait été une autre conversation téléphonique, tard le soir, et ils avaient discuté pendant encore deux heures. Alabama en avait appris davantage sur ses sœurs et sa mère, et à quel point elles comptaient pour lui. Il leur avait même dit qu'il voulait qu'elles la rencontrent. Il savait qu'il l'avait mise mal à l'aise et il s'était empressé de lui assurer qu'elles l'adoreraient.

Ils avaient discuté un moment avant de raccrocher. Alabama lui apprit même en partie pourquoi elle était capable de lui parler au téléphone, mais se sentait mal à l'aise quand elle devait prendre la parole en public. Chez elle, elle n'avait pas à s'inquiéter de savoir s'il y avait quelqu'un pour l'écouter ou la juger. Il avait essayé de lui faire comprendre que l'opinion des autres n'avait aucune importance, mais puisque ce n'était pas la seule raison pour laquelle elle préférait lui parler au téléphone dans la sécurité de sa propre maison, Alabama n'avait pas insisté.

Christopher lui avait répété ce qu'il pensait d'elle avant de raccrocher.

C'était à présent vendredi, le jour de leur rendez-vous. Christopher n'avait pas voulu lui en révéler davantage sur l'endroit où ils se rendaient, lui ayant seulement demandé de porter des vêtements confortables et de prendre un sweat ou un pull.

Abe était nerveux. Il n'avait plus ressenti ces émotions avec une femme depuis longtemps. Ses potes, et notamment Wolf, l'avaient taquiné sans pitié. Tous voulaient rencontrer Alabama, mais il leur avait demandé d'attendre. Il savait qu'elle était timide en public et il ne voulait pas qu'elle se sente submergée par ses amis avant qu'il ne soit certain qu'elle était faite pour lui.

Abe avait prévu une journée intéressante. Si cela plaisait à Alabama, elle était vraiment la femme idéale pour lui. Il avait un peu honte de la tester de la sorte, mais il avait trop souvent été dragué par des femmes qui – il le croyait sur le moment – l'aimaient pour lui-même, alors qu'elles feignaient seulement de s'intéresser à ce qu'il aimait. Au fond, il savait qu'Alabama n'était pas comme ça, alors c'était moins un test qu'une occasion de passer un bon moment avec une femme extraordinaire.

Abe secoua la tête en se garant devant son immeuble. C'était vraiment un bouge. Mais il ne lui dirait rien, parce qu'il devinait qu'elle ne gagnait pas beaucoup d'argent. Il espérait qu'elle s'ouvre à lui dans la journée et lui en raconte davantage à son sujet. Il ne savait même pas ce qu'elle faisait dans la vie, si ce n'est que c'était en rapport avec l'agence Wolfe.

Il transféra sur la banquette arrière le paquet posé sur le siège passager avant de sortir de sa voiture et de se rendre à sa porte. Il frappa une fois et elle ouvrit presque immédiatement. Il sourit. Elle était belle. Elle portait un jean usé et, comme à son habitude, un t-shirt ajusté au col en V. Celui-ci était violet foncé et profondément décolleté. Avec son sweatshirt blanc au bras, elle était habillée exactement comme il le lui avait demandé. Cela lui plut.

Alabama était sur les nerfs. Elle ne savait absolument pas ce qu'ils allaient faire, mais elle avait confiance en Christopher. Elle n'aurait probablement pas dû, mais si elle ne pouvait pas faire confiance à un membre des Forces Spéciales, sur qui aurait-elle pu compter ? Elle avait enfilé plusieurs hauts avant de se décider pour le violet. Il lui soulignait la poitrine et elle avait toujours aimé cette couleur.

Christopher était beau. Il portait un treillis kaki et un haut à manches longues. Il n'était pas trop étriqué exprès pour montrer ses muscles, mais il était serré. Elle voyait nettement la définition de ses bras. Il était tellement baraqué ! Il portait une paire de rangers aux pieds. Quand elle ouvrit la porte, il était appuyé contre l'encadrement. S'il avait vendu quelque chose, elle le lui aurait immédiatement acheté.

Alabama sortit de son appartement et ne fut pas surprise quand Christopher tendit la main pour lui prendre ses clés. Elle se rappela qu'il l'avait fait la première fois qu'il était venu la chercher. Elle laissa tomber ses clés dans sa main et le regarda fermer la porte. Quand il eut fini, au lieu de mettre le trousseau dans sa poche comme la dernière fois, Christopher se tourna et le lui tendit. Elle lui sourit timidement en prenant les clés pour les mettre dans son sac. Il s'était rappelé qu'elle n'aimait pas lui laisser ses clés et il n'avait pas cherché à remettre cela en cause. Elle appréciait cette attention. Bon sang, jusque-là, elle aimait tout chez Christopher.

Abe prit Alabama par le coude tout en descendant le couloir. Il fit un clin d'œil à la vieille dame qui regardait par sa porte quand ils passèrent devant. Elle lui rendit la pareille et sourit, puis referma sa porte à leur passage.

Alors qu'ils s'asseyaient dans la voiture, Abe regarda Alabama. Elle ne lui avait pas demandé où ils allaient, malgré sa curiosité évidente.

Avant de démarrer, il se pencha derrière eux et prit le paquet. Il le lui tendit et appuya un bras sur le volant tout en la regardant.

Alabama le dévisagea avec étonnement. Il lui avait apporté un cadeau ?

— Vas-y, ouvre, l'encouragea-t-il gentiment.

Elle ouvrit délicatement le papier qui entourait le

paquet et regarda dans la boîte. Cela faisait longtemps qu'on ne lui en avait pas offert. Bon Dieu, elle ne se rappelait pas qu'on lui ait jamais offert quoi que ce soit. Elle aurait presque voulu le garder emballé et le regarder toute la journée, mais elle savait qu'elle passerait pour une folle.

Après avoir attendu autant qu'elle le pouvait pour ouvrir le cadeau, elle baissa les yeux vers ce qu'il lui avait donné. C'était un téléphone. Pas un de ces smartphones chers ; il devait avoir deviné qu'elle n'en accepterait pas de ce genre, mais c'était un téléphone à clapet que l'on payait à mesure qu'on utilisait les minutes.

Alabama se mordit la lèvre en essayant de ne pas pleurer. Maman n'avait jamais fêté Noël avec elle et elle n'avait certainement jamais rien acheté à Alabama pour son anniversaire. Une fois qu'Alabama était entrée dans le système des foyers d'accueil, aucun de ses parents d'adoption n'en avait pris la peine.

— Je ne vais pas le reprendre, Alabama. Tu en as besoin. *J'ai* besoin que tu le gardes. J'ai besoin que tu sois en sécurité quand je ne suis pas là.

Alabama regarda rapidement autour d'elle. Comme elle ne voyait personne, elle dit avec précipitation :

— C'est la première fois qu'on m'offre un cadeau.

Les larmes lui montèrent aux yeux et elle essaya de les chasser en clignant des paupières.

— Eh, regarde-moi, ma belle.

Abe pouvait à peine croire ce qu'il venait d'entendre. Il savait qu'Alabama avait eu une enfance difficile, mais manifestement, c'était pire que ce qu'il s'était imaginé. Comme elle refusait de le regarder, il plaça délicatement sa main sous son menton.

— Je t'en prie ?

Alabama leva enfin la tête. Elle contrôla suffisamment ses larmes pour les empêcher de couler, mais elles lui inondaient toujours les yeux.

— Merci, Christopher, parvint-elle à dire.

— De rien. Tu vas le garder ?

Abe voulut lui demander ce qu'il s'était passé pour qu'elle n'ait jamais reçu de cadeau de toute sa vie, mais il ne voulait pas non plus la faire pleurer. Il voyait qu'elle était à deux doigts de craquer.

La voyant hocher la tête, il lui dit :

— D'accord. Quand nous rentrerons à la maison ce soir, tu pourras le brancher pour le charger. Mais assure-toi de le prendre avec toi partout où tu iras, au cas où tu en aurais besoin. J'ai mis cinq cents minutes dessus pour le moment.

— C'est trop, articula Alabama.

— Non, ce n'est pas trop. Ce n'est pas suffisant pour ma tranquillité, mais je savais que tu ne l'aurais pas accepté si j'avais mis le nombre de minutes que je désirais vraiment. En plus, tu les auras probablement toutes utilisées pour discuter avec moi cette semaine. Du moins, je l'espère.

Alabama sourit. Bon sang, il était fantastique.

— D'accord. Merci, Christopher. Sérieusement.

Abe ne réfléchit pas, il releva simplement le menton d'Alabama avec son doigt, se pencha et lui donna un baiser léger sur le coin de la bouche. Il ne s'attarda pas, même s'il en avait envie. Ce bref aperçu suffisait à le rendre fou. Alabama avait le goût de la menthe et il en voulait davantage. Abe se força à laisser retomber sa main, lui caressant le menton avant de s'écarter pour se tourner vers le volant. Il alluma le moteur et sortit du parking.

Alabama n'arrivait pas à croire que Christopher venait de l'embrasser. Cela comptait comme un baiser, n'est-ce pas ? Certes, c'était court et innocent, mais extraordinaire. Bien mieux que les baisers gourmands qu'elle avait connus par le passé. Elle pouvait toujours sentir le contact des doigts de Christopher contre sa joue. Elle se cala dans son siège, sachant qu'il les amènerait à bon port en toute sécurité. Elle baissa les yeux vers le téléphone posé sur ses genoux. Il l'aidait à se sentir en sécurité. Elle n'avait encore jamais ressenti cela.

La journée avait été géniale. Alabama ne croyait pas avoir autant souri de toute sa vie. D'abord, Christopher les avait emmenés à la plage. Riverton était une banlieue de San Diego et Alabama n'avait pas souvent eu l'occasion d'aller à la plage. Elle aimait l'eau, mais c'était la première fois qu'elle faisait l'expérience d'un pique-nique sur le sable. La plage n'était pas du type touristique. D'ailleurs, elle n'avait pas vu plus de quelques personnes durant tout le temps qu'ils y étaient restés.

Christopher avait apporté une couverture légère, un thermos de café et des fruits. Ils restèrent assis sur la plage à regarder l'eau. Ils parlèrent un moment, mais surtout, ils profitèrent simplement de l'air matinal et de leur compagnie mutuelle.

Puis ils se rendirent au zoo de San Diego. Généralement, Alabama n'aimait pas les zoos. Elle avait toujours pitié pour leurs pensionnaires. Elle ne pensait pas qu'ils soient abusés d'une quelconque façon, mais elle avait toujours trouvé triste de voir ces animaux majestueux enfermés derrière les barreaux de leurs cages. Cependant, Alabama n'y avait pas trop songé au cours de sa visite avec Christopher.

Il lui avait pris la main pendant la visite et ne l'avait pas lâchée. Quand la foule s'épaissit, Christopher la serra contre lui pour lui éviter d'être bousculée par les autres visiteurs qui se précipitaient dans tous les sens. Un homme laissa accidentellement tomber sa boisson, qui éclaboussa le jean et les chaussures d'Alabama. Elle crut que Christopher allait devenir fou. Il parut sur le point de se ruer sur l'homme pour lui casser la figure, mais Alabama n'eut qu'à poser la main sur son bras et il s'arrêta. Il s'efforçait de se contrôler et c'était fascinant à regarder.

Christopher déposa un baiser sur sa main et la serra davantage contre elle. Il jeta un regard noir à l'homme tout en passant devant lui, mais il n'insista pas.

Après avoir passé la majeure partie de la journée au zoo en grignotant, ils s'étaient rendus au bout d'une piste aérienne près de sa base. Bien entendu, Christopher avait pu entrer dans la base militaire avec ses identifiants. Il gara la voiture et aida Alabama à sortir. Il étendit sur le coffre de sa voiture la couverture dont ils s'étaient servis à la plage et ils s'assirent dessus. Ils s'adossèrent contre la vitre arrière et regardèrent les avions décoller et atterrir.

Abe lui prit une main, emmêlant leurs doigts, et l'attira contre son ventre. Ils discutèrent à voix basse de tout et de rien.

À la nuit tombée, Christopher l'aida à descendre de la voiture et à remonter sur le siège passager. Ils allèrent acheter un plat chinois et retournèrent à l'appartement d'Alabama.

Après avoir dîné, ils s'installèrent sur le canapé et Alabama mit *Princess Bride* en bruit de fond. Elle l'avait vu si souvent qu'elle connaissait les dialogues par cœur.

Au bout de vingt minutes, Christopher rompit le silence.

— Parle-moi un peu plus de toi, Alabama. Dis-moi pourquoi tu regardes toujours autour avant de me parler quand on est en public, alors que le soir, dans ton propre espace, tu deviens bien plus bavarde. Est-ce seulement parce que personne n'est là pour t'entendre et te juger ? Ou bien y a-t-il quelque chose de plus ?

Instinctivement, Alabama essaya de retirer sa main. Abe ne voulait pas la lâcher, et au lieu de ça, il l'attira contre lui. Il lui colla la tête contre son torse et murmura :

— Du calme, ma belle. Tu es en sécurité ici. Parle-moi. Partage ça avec moi.

C'était fou. Elle y pensait sérieusement. Personne d'autre ne s'était jamais assez préoccupé d'elle pour le remarquer ou lui poser la question. Ressentait-elle cela pour Christopher simplement parce que c'était la première fois ? Ou bien était-ce réel ? Elle n'en avait aucune idée, mais elle voulait essayer. Elle *voulait* lui faire confiance.

— Je...

Elle s'arrêta.

Seigneur. Elle ne pouvait pas faire ça.

Christopher ne fit rien, mais continua de lui frotter

le bras de bas en haut, passant son pouce sur le dos de sa main lorsqu'il la rejoignait.

Son soutien silencieux, combiné au fait qu'elle n'était pas obligée de le regarder pendant qu'elle lui racontait son histoire pathétique, lui donna le courage de poursuivre.

— Tu as raison. Même si c'est vrai que je n'aime pas trop que les autres surprennent mes pensées quand je parle aux gens... ce n'est pas la seule raison. Ma mère n'était pas très gentille. Elle... elle ne voulait pas de moi, mais pour une raison quelconque, elle ne m'a jamais fait adopter. J'aurais préféré.

— Seigneur, murmura Abe. Viens ici, ma belle.

Il se décala sur le petit canapé jusqu'à se retrouver à moitié allongé, Alabama étendue contre lui. Le dossier du canapé était dans son dos et elle était à moitié contre Christopher. Il la serrait contre lui d'un bras passé autour de sa taille. L'autre était enroulé autour de ses épaules et enfoui dans sa chevelure. Il l'invita à appuyer la tête contre sa poitrine.

— Ferme les yeux, sens ma présence à tes côtés. Tu es en sécurité. Raconte-moi.

Il était exigeant, mais Alabama ne se sentait pas menacée. On ne l'avait jamais enlacée de la sorte. Elle avait déjà passé la nuit avec un homme, mais après avoir couché avec elle, il avait simplement roulé sur le côté et elle avait attendu six misérables heures que le soleil se lève afin de pouvoir quitter son appartement.

Christopher était chaud et sentait tellement bon. Elle ne savait pas exactement ce qu'il sentait, mais c'était rassurant. Elle ferma les yeux comme il le lui avait demandé et se blottit plus près de lui.

— Maman m'a appelée Alabama Ford Smith. Alabama parce que c'est l'État où on l'a baisée... ses propos, pas les miens... et Ford parce que c'est *l'endroit* où elle a baisé. Son nom de famille n'était même pas Smith. Elle n'a même pas voulu me donner son nom de famille.

De la main gauche, Alabama agrippa la manche de la chemise de Christopher sans même s'en rendre compte et elle poursuivit :

— Mon premier souvenir, c'est d'avoir été enfermée dans un placard alors que Maman me criait de la fermer. Je ne sais pas pourquoi je pleurais, mais elle ne pouvait pas le supporter. Chaque fois que je lui parlais, elle m'enfermait dans le placard. J'ai appris à ne pas lui parler si je voulais manger ou même dormir dans mon lit. Mais parfois, j'oubliais. Ou bien je parlais sans savoir qu'elle pouvait m'entendre. Je l'entends toujours me crier de la boucler, encore et encore.

Abe aurait voulu dire à Alabama de s'arrêter, que c'était intolérable pour lui, mais il savait qu'elle devait s'exprimer. Il avait du mal à croire qu'elle soit aussi douce. D'autres gens qui avaient connu la même chose auraient été moitié moins équilibrés qu'elle, et il savait qu'elle était probablement en train de minimiser les choses. Même s'il ne la connaissait pas depuis long-temps, il savait qu'elle ne lui disait pas tout.

— Quand j'avais onze ans, elle m'a frappée avec une poêle parce que je lui avais demandé quelque chose. Un professeur l'a remarqué et j'ai fait confiance à un officier de police quand il a dit qu'il allait m'aider. Mais il ne l'a pas fait et m'a renvoyée à la maison. Quand j'avais douze ans, elle m'a frappée avec la même poêle et m'a fracturé la mâchoire ainsi que la majeure partie du visage. Pendant qu'elle me frappait, elle m'a juré qu'elle m'apprendrait à ne plus parler.

Alabama s'interrompit et s'éclaircit la gorge. Elle n'avait jamais autant parlé en une seule fois de toute sa vie. Mais il fallait que ça sorte. Ça faisait du bien d'en parler à quelqu'un. D'en parler à Christopher. Elle se rendit compte qu'il serrait le poing. Il avait empoigné son haut et le serrait de toutes ses forces. Elle leva la tête et posa une main sur son visage.

— Tout va bien ?

Abe ricana. Bien sûr, elle essayait de *le* réconforter. C'est lui qui aurait dû *la* réconforter. Il essaya de se détendre et ouvrit le poing, étendant la main contre elle.

— Je vais bien, ma belle. Je suis très énervé contre ta mère et j'essaye de comprendre comment, avec l'enfance que tu as vécue, tu es devenue la femme la plus douce que je connaisse.

Alabama se contenta de secouer la tête et la reposa contre sa poitrine.

Abe ne la força pas à lever les yeux, mais lui dit doucement :

— Je suis sérieux, ma belle. Même sans rien dire, ta gentillesse est clairement visible. J'ai pu le percevoir quand on faisait la queue devant la table pendant la fête.

Elle ne répondit pas et Abe décida de ne pas insister.

— Et ensuite ? Où es-tu allée après qu'elle t'a battue ?

— En foyer d'accueil.

— C'était... correct ?

— À peu près. Maman m'avait si souvent dit de me taire que j'ai fini par comprendre. Tout le monde pensait que j'étais bizarre et je ne parlais pas à grand monde. Même aujourd'hui, quand j'entends les mots « la ferme », je fais la grimace. Ça me rappelle avoir été enfermée dans ce foutu placard à entendre ma mère me crier « la ferme, la ferme, la ferme ». Tu as dit quelque chose l'autre jour et je pense que tu as eu raison.

— Quoi donc ?

— Tu as dit que j'avais un syndrome de stress post-traumatique. Je n'y avais pas songé, mais tu as probablement raison. Je crois que j'ai besoin d'en parler à quelqu'un... quelqu'un d'autre que toi.

— Je t'aiderai dans toutes tes démarches. Si tu veux que je t'aide à trouver quelqu'un, dis-le-moi. Il y a beaucoup de conseillers à la base qui ont l'expérience des syndromes de stress post-traumatique. Si tu préfères parler à quelqu'un qui s'occupe principalement de la maltraitance des enfants, je peux t'aider aussi. Mais ma belle, tu ne sais pas à quel point c'est important pour moi que tu m'aies confié ton histoire. Je sais que nous sommes toujours en train d'apprendre à nous connaître, mais tu es importante pour moi. Je ne te décevrai pas. Je ne te dirai jamais de la fermer, à présent que je sais que c'est un déclencheur pour toi. Je te l'ai déjà dit, et je te le redis : tu es en sécurité avec moi, je te le promets.

Après un silence, il ajouta :

— Et ta mère a peut-être essayé de te donner un nom qui ne signifie rien, mais tu devrais en être fière. Tu *es* Alabama Ford Smith. Tu as survécu. Tu as persévéré. Ne laisse pas ses actions mesquines déteindre sur toi. Ce sont *ses* problèmes, pas les tiens. Tu es unique et géniale, et tu as un nom unique et génial. En plus, ton nom me plaît. *Tu* me plais.

Alabama tourna le visage contre la chemise de Christopher et inhala profondément. Seigneur, il était formidable. Elle essaya de retenir ses larmes, en vain. Elles lui coulèrent des yeux et tombèrent sur la poitrine de Christopher quand elle tourna la tête sur le côté afin de reprendre sa respiration.

— Laisse-toi aller, ma belle. Laisse-toi aller. Je suis là. Je ne vais nulle part.

Alabama pleura pour son enfance lamentable. Elle pleura parce que sa mère ne l'avait jamais aimée. Elle pleura le fait de ne plus faire confiance aux gens en général. Enfin, une fois que ses larmes se furent taries, elle renifla une fois et s'immobilisa sur la poitrine de Christopher. Elle se détendit contre lui en se disant qu'elle était à l'aise et qu'elle ne voulait plus jamais bouger.

Abe était furieux. Il essayait de rester calme sous le corps léger d'Alabama, sans savoir comment. Il décida de lui parler un peu de sa vie, pour qu'elle ne se sente pas gênée d'avoir partagé quelque chose d'aussi intime avec lui.

— Je n'ai pas vraiment connu mon père quand j'étais petit.

Abe sentit Alabama lever la tête pour le regarder, mais il continua de parler.

— Il venait nous voir de temps en temps, mais quand on s'habituait enfin à sa présence, il repartait. Ma mère pleurait à chaque fois. Elle ne sait pas que je suis au courant, mais je restais assis devant sa chambre à l'écouter sangloter. J'avais juré de prendre soin d'elle. J'ai fait ce que j'ai pu. Je faisais le ménage sans qu'elle me le demande, j'aidais mes sœurs avec leurs devoirs et je donnais à ma mère le moindre centime que je gagnais en tondant la pelouse ou en faisant d'autres petits boulots pour les voisins.

Abe caressa les cheveux d'Alabama, sans trop savoir si c'était lui ou elle qu'il réconfortait.

— Nous n'avions pas beaucoup d'argent, parce que mon père n'y contribuait vraiment pas, mais on se débrouillait. J'aurais tout fait pour ma sœur et ma mère, et ça me fait mal que tu n'aies pas connu ça dans ta vie. J'aurais aimé te connaître pendant ton enfance, Alabama.

Celle-ci ne répondit rien, mais resta dans les bras de Christopher. Elle appréciait de sentir son étreinte autour d'elle. Elle réfléchit à ce qu'il venait de lui dire sur sa famille. Elle comprenait mieux ce qui avait fait de lui l'homme qu'il était à l'heure actuelle.

— Tu as besoin de prendre soin des gens, lui dit-elle d'une voix ensommeillée.

— Je prends soin de ceux qui comptent pour moi.

Alabama n'ajouta plus rien, mais ses paroles s'étaient gravées dans son âme et elle pouvait presque sentir les fissures dans son cœur se réparer.

Abe continua de passer la main dans les cheveux d'Alabama jusqu'à ce qu'elle finisse par s'endormir sur sa poitrine.

Il n'avait jamais voulu faire du mal à une femme auparavant, pourtant il aurait vraiment aimé faire souffrir la mère d'Alabama. Comment avait-elle pu faire une telle chose à son propre enfant ? Comment avait-elle pu prendre quelqu'un d'aussi doux qu'Alabama et la maltraiter de la sorte ? Il était ébahi que cette jeune femme soit devenue quelqu'un d'aussi bien. Cela en disait long sur sa force intérieure.

Abe restait allongé sous Alabama, profitant de sa douceur, appréciant la confiance qu'elle lui témoignait. Il n'oublierait jamais ce moment. C'était le moment où il aurait pu aisément tomber fou amoureux d'une femme pour la première fois de sa vie.

CHAPITRE NEUF

Alabama ouvrit la porte du siège temporaire de l'agence Wolfe. Le bâtiment ressemblait beaucoup à l'ancien. Les locaux étaient tous situés au même étage, mais cette fois, les agents devaient partager leurs bureaux jusqu'à ce que le nouveau bâtiment soit construit.

Il était d'ailleurs plus facile de nettoyer celui-ci que l'ancien, parce que tout avait été détruit par le feu et il n'y avait pas autant de fouillis.

Alabama poussait son nouveau chariot de nettoyage à travers le bâtiment. Elle avait toujours aimé la tranquillité du soir quand elle travaillait. Certaines personnes n'aimaient pas les bâtiments vides et les trouvaient glauques, mais pas Alabama. Elle aimait la solitude.

Elle repensa à la semaine précédente. Christopher

et elle avaient passé tous les soirs ensemble. Il devait travailler durant la journée, mais il était venu dîner tous les soirs avant qu'elle parte au travail, pour passer du temps avec elle.

Un soir où elle avait la soirée de libre, ils s'étaient rendus dans ses quartiers sur la base. Ce n'était pas grand-chose, mais pour Alabama, c'était un tout autre monde. Elle ne connaissait rien de l'armée et, pour être honnête, se trouver à la base la rendait nerveuse. Il y avait des règles tacites dont elle ne savait rien. Pour rentrer dans la supérette, il fallait apporter la preuve que l'on était affilié à l'armée et montrer son identifiant. Il en allait de même pour de nombreux services à la base. Non que les gens soient hostiles, mais c'était impressionnant.

Christopher avait perçu sa gêne et ne lui avait plus demandé si elle voulait venir chez lui à la base après la première fois. Puisqu'elle était plus à l'aise chez elle, c'est lui qui irait la voir. Il n'avait pas semblé s'en vexer, lui disant simplement que ce n'était pas très important.

Alabama aimait passer du temps avec lui. C'était facile. Ce n'était pas avant le troisième soir que Christopher lui avait demandé s'il pouvait l'embrasser.

Dans le couloir du bâtiment qu'elle nettoyait, elle ferma les yeux en se remémorant à quel point ce baiser avait été parfait. Ils regardaient un film assis sur son petit canapé quand elle l'avait senti la regarder. Elle s'était tournée vers lui et avait vu son expression intense. Quand leurs regards s'étaient croisés, il avait levé la main pour lui caresser la joue. Elle avait incliné la tête et collé sa joue contre sa paume.

— J'ai envie de t'embrasser, ma belle. Tu m'en donnes le droit ?

Alabama hocha simplement la tête.

La main posée sur sa joue se dirigea alors vers sa nuque. Christopher la saisit dans sa poigne ferme, mais étrangement douce, et s'approcha d'elle. Il posa le front contre le sien et se contenta de l'y maintenir pendant un moment.

— J'ai envie de le faire depuis que tu m'as ouvert ta porte la semaine dernière. Tu n'as pas idée...

Puis il posa son autre main sur son visage afin de le prendre en coupe. Alabama était prise entre la main posée sur sa nuque et celle sur son visage. Elle ne se sentait pas prise au piège, mais protégée. Christopher inclina suffisamment la tête et se baissa pour l'embrasser. Alabama ne savait pas pourquoi elle avait pensé qu'il irait doucement. Tout ce qu'il avait fait jusque-là avait été simple et doux, mais ce baiser n'était ni l'un ni l'autre.

C'était un baiser confiant, un baiser qui lui demandait de s'ouvrir pour le laisser entrer. Ce qu'elle fit. Alabama ne se retint pas. Leurs lèvres se rencontrèrent et s'écartèrent immédiatement. Elle sentit sa langue faire une première incursion dans sa bouche, puis battre en retraite et caresser ses lèvres avant de replonger. Elle essaya de suivre le mouvement, encerclant sa langue de la sienne, l'aspirant pour la suçoter. Elle aurait cru se sentir embarrassée et mal à l'aise, mais elle était si excitée qu'elle n'eut pas le temps d'être gênée.

C'est là que Christopher retira la main qu'il avait posée sur sa joue, la fit descendre sur son dos et allongea Alabama sur les coussins du canapé. Il garda la main derrière sa nuque, soutenant sa tête alors qu'il l'allongeait. Elle n'avait même pas remarqué... jusqu'à ce qu'elle le sente se raidir contre elle. Christopher n'interrompit pas son exploration sensuelle de sa bouche, mais elle sentit sa force. Il ne l'écrasait pas. Au contraire, c'était agréable de sentir son corps tout entier pressé contre le sien. Elle sentait sa rigidité contre sa jambe – il était dur absolument partout.

Alabama inhala par le nez et bascula la tête en arrière, rompant le contact de leurs lèvres. Sans perdre une seconde, Christopher se pencha et posa la bouche dans son cou, le mordillant et le suçant doucement. Elle haletait et essaya de reprendre le contrôle de son cerveau.

— C'était un vrai baiser, dit-elle, pantelante.

Elle l'entendit rire contre sa gorge, puis il remonta et lui mordilla le lobe de l'oreille.

— Tu me fais perdre les pédales, ma belle.

D'un côté, Alabama aurait vraiment voulu se redresser et le guider vers le petit lit dans le coin, mais de l'autre, elle était terrifiée. Elle avait déjà fait confiance par le passé et elle avait été déçue. Elle ne pensait pas que Christopher puisse briser sa confiance, mais elle n'en était pas encore certaine.

Alabama retira les mains de derrière son dos, où elle s'était accrochée à lui, et les posa sur sa poitrine. Il remonta immédiatement afin de pouvoir regarder son visage. Bien sûr, cela ne fit qu'enfoncer davantage son érection contre la cuisse d'Alabama et elle rougit de plus belle. Christopher rit et lui déposa un léger baiser sur le nez. Il la redressa et l'entraîna contre lui.

— Merci, Alabama. C'est le meilleur baiser que j'aie jamais connu.

Ils n'ajoutèrent rien d'autre ce soir-là, se contentant de regarder la fin du film. Une fois qu'il fut terminé, et alors que le temps était venu pour Christopher de partir, elle l'accompagna jusqu'à la porte et lui prit les deux mains, les tenant délicatement. Christopher s'était penché en avant pour poser les lèvres contre les siennes. Ce qui avait commencé comme un petit baiser d'au revoir innocent s'était transformé en un échange plus torride et plus long.

Il ne lui avait pas lâché les mains pendant qu'ils s'embrassaient. C'était intéressant de le toucher rien qu'avec ses lèvres et sa langue. Ce simple contact suffisait à la faire se trémousser. Elle n'avait jamais ressenti ce qu'elle éprouvait quand elle était avec lui, à l'embrasser.

— Bonne nuit, ma belle. Referme la porte derrière moi, lui avait-il simplement dit.

Puis il l'avait embrassée une fois de plus sur l'arête du nez, il avait serré ses mains entre les siennes et il était parti.

Alabama inspira profondément et ouvrit les yeux. Elle venait de rêvasser au beau milieu du couloir de l'agence immobilière. Elle avait serré si fort les poignées de son chariot de nettoyage que ses ongles s'étaient enfoncés dans ses paumes. Elle était accro.

Elle rit avec auto-dérision et reprit sa progression dans le couloir. Alabama venait d'entrer dans l'un des bureaux des agents quand elle entendit la porte d'entrée s'ouvrir. Ce n'était pas trop tard, mais suffisamment pour que personne ne soit plus en train de travailler. Sentant son cœur faire un bond terrifié, Alabama se glaça. Elle ne savait pas ce qu'elle aurait dû faire. Elle mit la main dans sa poche à la recherche du téléphone que Christopher lui avait donné. Elle se sentait mieux à l'idée d'avoir un moyen de l'appeler à l'aide. Elle l'en sortit et l'ouvrit. Elle composa les deux premiers numéros des urgences et son pouce resta prêt à composer le troisième. Il fallait qu'elle attende de voir ce qu'il se passait avant d'appeler les secours.

Elle regarda au bout du couloir et constata rapidement que quelqu'un s'avançait vers elle. C'était Adélaïde. Alabama poussa un soupir de soulagement. Elle n'avait aucune envie de la voir, mais au moins, ce n'était pas un tueur fou. Elle referma le téléphone et le glissa à nouveau dans sa poche.

Adélaïde leva la tête quand elle se retrouva à quelques portes d'Alabama, la remarquant enfin.

— Qu'est-ce que tu fais ici ? demanda-t-elle d'un ton mauvais.

C'était une question idiote, puisqu'elle était la femme de ménage et qu'elle se tenait devant un chariot de nettoyage. Elle désigna son matériel d'un geste sans prononcer une parole.

— Ah oui, j'avais oublié que tu ne parles pas beaucoup, hein ? la railla Adélaïde. Je suis venue chercher des papiers pour un client, que j'ai oubliés ici par accident. Laisse-moi passer.

Alabama s'écarta et regarda Adélaïde la frôler pour entrer dans le bureau qu'elle s'apprêtait à nettoyer.

— À propos, je sais tout de toi et d'Abe, sale garce. Il était à moi et tu me l'as volé. Mais ne t'inquiète pas ; il reviendra vers moi. Après tout, entre *toi* et *moi*, il n'y a pas photo. Je ne vois pas comment il pourrait songer à quelque chose de sérieux avec toi. Tu es petite et moche. Tu ne retiendras pas son attention pendant une microseconde.

Alabama en avait assez. À aucun moment, Christopher ne lui avait donné l'impression de jouer avec elle ni de chercher à faire passer le temps. Il lui avait dit plusieurs fois que cela n'avait jamais été sérieux avec Adélaïde. Elle était simplement mesquine et jalouse, et elle était en train de passer ses nerfs sur elle.

Alabama jeta un regard circulaire – elle n'était toujours pas parvenue à se défaire de cette habitude – et elle répondit à voix basse, mais fermement :

— Je n'ai rien volé. C'est *lui* qui est venu à *moi*. Je ne suis peut-être pas aussi jolie que toi, mais apparemment, ça ne lui fait rien. Je lui plais et il me plaît. Alors, tu te calmes et tu nous laisses tranquilles.

C'était une réplique bien pathétique, mais Adélaïde en fut tellement estomaquée qu'elle fit un pas en arrière. Elle ne s'attendait pas à ce que la timide petite femme de ménage se défende. On ne lui avait peut-être jamais parlé de la sorte, même si c'était peu probable. Adélaïde donnait l'impression d'être le genre de femme qui se faisait des ennemis et, un jour, quelqu'un avait bien dû finir par protester d'être traité avec mépris.

Elle plissa les paupières et jeta un regard noir à Alabama. Celle-ci le lui rendit.

— Tu vas le regretter, connasse, siffla enfin Adélaïde en se tournant vers le bureau pour s'emparer d'un dossier posé dessus. Et sors de mon bureau. Tu ne vas pas pouvoir t'empêcher de mettre les mains sur mes affaires.

Cela blessa Alabama plus profondément que ne l'avaient fait les précédentes paroles d'Adélaïde. Elle n'était peut-être pas la plus jolie femme du monde, mais elle n'était pas une voleuse. Même quand elle s'était retrouvée au plus bas, elle n'avait pas eu recours au vol à l'étalage. Par moments, elle aurait tué pour avoir autre chose à manger que des nouilles bon marché, mais elle n'avait jamais pris ce qui ne lui appartenait pas.

Sans regarder derrière elle, Alabama poussa son chariot dans le couloir. Très bien, si Adélaïde ne voulait pas que l'on nettoie son bureau, elle ne se donnerait pas cette peine. Elle espérait que les araignées et la poussière envahissent l'endroit, au grand dam d'Adélaïde.

Elle entra dans le bureau qui jouxtait le sien et elle entendit cette mégère descendre le couloir d'un pas lourd puis sortir du bâtiment. Une fois qu'Adélaïde fut partie, Alabama, lasse, s'assit sur la chaise près du bureau. Bon sang, elle n'aimait pas les confrontations, mais elle était contente d'être enfin parvenue à se défendre. Adélaïde était une garce, mais heureusement, elle n'avait pas à travailler avec elle. Elle espérait qu'à l'avenir, elle n'oublierait pas ses documents, comme ça, Alabama pourrait éviter toute rencontre désagréable avec elle.

CHAPITRE DIX

Les deux semaines suivantes furent les meilleures de la vie d'Alabama. Elle avait passé beaucoup de temps en compagnie de Christopher, et ce soir-là, ils allaient sortir avec tous ses camarades des Forces Spéciales et leurs copines.

Alabama était très nerveuse. Elle gérait mal les foules, particulièrement en public, mais elle voulait le faire pour Christopher. Il lui avait fait tellement de bien. Il ne l'avait pas poussée à faire l'amour, même s'il était évident qu'il était prêt. Ils avaient eu quelques séances de pelotage approfondi sur son canapé et elle savait qu'il avait eu du mal à s'arrêter. Bon sang, *elle* avait eu du mal à s'arrêter.

La dernière s'était terminée alors qu'ils étaient tous les deux torse nu. Il l'avait fait exploser rien qu'en posant les lèvres sur ses seins. Elle n'avait encore jamais ressenti ce genre de passion et elle en était terri-fiée. Il l'avait plaquée contre sa poitrine. Il lui avait fait tellement de bien ! Avec lui, elle était largement dépas-sée. Elle était quasiment certaine d'être amoureuse. Elle n'était pas sûre de vraiment savoir ce qu'était l'amour, mais il ne s'écoulait pas une seule seconde durant la journée où elle ne voulait pas lui parler, le voir ou passer du temps avec lui.

La première fois qu'elle l'avait appelé à partir de son nouveau téléphone portable, Christopher était fou de joie. Il n'avait même pas essayé de dissimuler son enthousiasme et sa joie. Quand il s'était calmé et qu'il lui avait demandé pourquoi elle l'appelait, il était resté bouche bée un instant en entendant sa réponse : elle voulait simplement lui dire bonjour.

Ce soir-là, ils se rendaient dans un bar local appelé *Bar et Grill Aces*, qui comptait de nombreux membres de l'armée dans sa clientèle, particulièrement ceux des Forces Spéciales. Alabama avait beaucoup entendu parler de Matthew, alias Wolf, et de sa copine Caroline. Mais apparemment, il y avait aussi quatre autres membres de l'équipe, qui étaient comme des frères pour Christopher. Il y avait Sam, surnommé Mozart ; Hunter, connu sous le nom de Cookie ; Kason, alias Benny ; et enfin Faulkner qu'ils appelaient tous Dude.

Elle ne retiendrait pas les noms de tout le monde, mais elle allait essayer de suivre le mouvement. Chris-topher lui avait promis de l'aider. Quand Alabama l'avait interrogé sur les surnoms de l'équipe et leur histoire, il s'était contenté de ricaner en lui disant que ce serait à chacun de le lui expliquer s'il le voulait bien.

Elle haussa les épaules. Ce n'était pas son problème.

Alabama s'accrocha désespérément à la main de Christopher alors qu'ils se dirigeaient vers l'entrée de *Aces*. Avant d'entrer à l'intérieur, celui-ci s'arrêta et l'attira vers le côté de la porte, l'adossant au mur.

Il porta une main à son visage et lui prit la joue en coupe. Il le faisait souvent quand il voulait qu'elle le regarde dans les yeux pendant qu'il lui parlait. Cela aurait dû irriter Alabama, mais ce n'était pas le cas. Elle sentait la chaleur monter en elle. Elle aimait sentir ses mains sur sa peau.

— Tout va bien se passer, ma belle. Je serai là avec toi. Tu es en sécurité. Ils vont t'apprécier, je te le promets.

La voyant hocher la tête, il soutint son regard un moment puis se pencha en avant pour faire courir ses lèvres sur son front, puis son nez et enfin ses lèvres. Il ne s'attarda pas, mais lui mordilla délicatement la lèvre inférieure avant de se retirer.

— Tu es la personne la plus courageuse que j'aie jamais rencontrée. Viens ; entrons avant que tu ne fasses une crise cardiaque.

Alabama pouvait sentir son cœur battre la chamade dans sa poitrine. Elle était nerveuse, mais la présence de Christopher la rassurait. Elle voulait que ses amis l'apprécient, et l'ennui, c'était qu'elle ne savait pas vraiment comment se lier d'amitié. Elle n'était pas douée pour ça.

Ils se dirigèrent vers une grande table à l'arrière de la salle. Il y avait un groupe déjà assis, qui riait.

Une jolie serveuse se tenait devant la table et prenait les commandes. Elle était de taille moyenne et portait une paire de baskets, contrairement aux autres employées qui avaient toutes des talons hauts. Elle se distinguait également des autres parce qu'elle avait un débardeur pudique et un jean au lieu d'une micro-chemise et d'une mini-jupe. Mais sa tenue ne diminuait en rien sa beauté.

Sa longue chevelure noire était rassemblée en une tresse qui lui descendait au milieu du dos. Elle avait fini de prendre toutes les commandes quand ils arrivèrent près de la table.

— Bonsoir ! Vous arrivez juste à temps. Que puis-je aller vous chercher au bar ?

D'après son badge, elle s'appelait Jess.

Abe se tourna vers Alabama et lui fit signe de commander.

— Un Coca, s'il vous plaît, dit-elle à voix basse.

Christopher lui pressa la main pour la rassurer et Alabama essaya de se détendre.

— Bonsoir, Jess. Je prendrai la bière de ce soir.

Il était évident que Christopher connaissait la

serveuse, probablement parce que leur groupe d'amis fréquentait l'établissement régulièrement.

— Pas de problème. Je reviens vite, dit Jess d'une voix pleine d'assurance.

Alabama la regarda s'éloigner de la table en boitillant. Elle n'eut qu'une seconde pour se demander ce qui n'allait pas chez la jolie serveuse avant que Christopher ne pose la main au bas de son dos pour la tourner vers la table.

Alabama leva la tête et vit que tout le monde les regardait. Elle se raccrocha à la main de Christopher comme si c'était la seule chose qui lui maintenait la tête hors de l'eau.

— Salut, dit Abe d'un ton avenant. Voici Alabama. Elle est nerveuse de vous rencontrer tous, alors soyez gentils, d'accord ?

Il avait parlé à la légère, mais ses paroles tranchaient comme l'acier.

Il s'était entretenu avec son équipe plus tôt dans la journée et ils savaient tous à quel point elle était timide, tout comme ils savaient qu'elle était importante pour Abe. Celui-ci avait également évoqué son enfance, et ses amis avaient été décontenancés. Ils savaient que ce genre de maltraitances était monnaie courante, mais ils étaient tristes que ce soit arrivé à la jeune femme qui comptait autant pour leur camarade.

L'envie de trouver une compagne était toute récente parmi l'équipe. Ils avaient tous été présents lorsque Caroline avait failli mourir aux mains des terroristes, et ils avaient vu à quel point Wolf avait lutté pour trouver enfin le courage de se déclarer.

Aucun d'eux ne voulait l'admettre, mais ils étaient tous un peu jaloux. Le lien puissant que le couple partageait, et dont ils avaient été témoins, leur avait enfin fait comprendre à quel point leurs histoires d'un soir étaient dénuées de sens. Ils avaient tous hâte de trouver quelqu'un qui leur corresponde, et manifestement, Abe pourrait bien être le prochain sur la liste à trouver la femme idéale.

Réprimant l'impulsion de balayer la pièce du regard, Alabama saisit si fort la main de Christopher qu'il garderait certainement la marque de ses ongles. Elle dit simplement :

— Salut.

— Salut, Alabama ! Je suis content que tu aies pu venir, répondit un homme séduisant qui s'était redressé à leur arrivée.

Les autres la saluèrent également et Christopher la conduisit vers un siège à l'autre bout de la table, contre le mur. Il attendit qu'elle se soit assise, puis il s'installa à côté d'elle. Il passa son bras sur le dossier de sa chaise et se pencha vers elle.

— Tout va bien, ma belle ?

Alabama regarda Christopher et hocha la tête. C'était vraiment un mec bien. Elle remarqua en passant que les autres hommes étaient orientés vers la salle. De toute évidence, ils refusaient comme Christopher de tourner le dos à la pièce.

— Je pense qu'on devrait tous faire les présentations, déclara une femme ravissante en milieu de table, en s'adressant à Alabama. Ne t'inquiète pas si tu ne te souviens pas de tous les noms. J'ai mis une éternité à les mémoriser !

Tout le monde éclata de rire.

— Je m'en charge, parce que si je laisse faire les garçons, tu n'entendras que leurs surnoms et tu n'apprendras jamais leurs vrais noms. J'essaye de leur faire utiliser leurs prénoms, mais ils insistent ! Je m'appelle Caroline et je suis avec ce grand dadais, Matthew. Au bout de la table se trouvent Sam et sa copine Molly. À côté d'eux Faulkner et Brittany. Puis Kason et Emily, et enfin, en face de vous, Hunter et Michèle.

Quand elle eut fini de les présenter, ils les saluèrent tous à la fois avant de recommencer à parler. Alabama poussa un soupir de soulagement en constatant que personne ne semblait vouloir l'inclure dans la conversation pour le moment. Elle écouta les hommes plaisanter les uns avec les autres. C'était difficile de reconnaître tout le monde, notamment parce qu'ils s'appelaient tous par leurs surnoms tandis que les femmes utilisaient leurs véritables prénoms. Cela faisait deux fois plus de noms à retenir.

— Alors, Christopher, comment vous êtes-vous rencontrés ?

C'était la copine de Kason qui venait de lui poser la question, mais Alabama ne se souvenait pas de son prénom.

— Vous vous rappelez cet incendie, il y a un mois à peu près ? demanda Christopher.

Comme toutes les femmes hochaient la tête, il poursuivit :

— Alabama m'a sauvé la vie. Elle était là et elle m'a aidé à sortir du bâtiment, ainsi qu'un tas d'autres personnes.

— Ouah, c'est fort, dit Michèle. Tu n'étais pas allé à cette fête avec Adélaïde ?

Abe plissa les paupières comme il le faisait toujours quand il était énervé. Alabama ne savait pas pourquoi Michèle se comportait de la sorte, mais manifestement, cela agaçait Christopher.

— Si, c'est vrai, mais ça n'a pas marché entre nous. J'ai rencontré Alabama ce jour-là et c'est parti de là.

Michèle ne semblait pas savoir s'arrêter, parce qu'elle poursuivit :

— Comment a réagi Adélaïde ?

Cookie ne donna pas à Christopher le temps de réagir. Aussitôt, il dit :

— Qu'est-ce qui te prend, Michèle ? Abe est avec Alabama maintenant, alors arrête.

Alabama était perdue. Elle commença à paniquer. Elle n'avait jamais rencontré Michèle, mais elle avait l'impression qu'elle ne l'aimait pas... du tout.

— On sait tous qu'Adélaïde et toi, vous étiez très proches, mais bon sang ! Abe l'a larguée parce qu'elle se comportait comme une folle. Je t'avais dit de laisser tomber et voilà que tu remets ça sur le tapis devant sa nouvelle compagne.

Cookie était visiblement remonté. Étrangement, sa colère sembla tranquilliser Abe.

— Allons-y, dit Cookie à la femme assise à côté de lui. C'est fini. Abe, je suis désolé. Alabama, c'était un plaisir de te rencontrer. Tu es largement trop bien pour un idiot comme Abe, mais je suis très content que tu puisses passer outre. J'espère te revoir bientôt.

Sur ce, Cookie força Michèle à se lever en lui posant la main sur le coude et, sans lui donner l'occasion de dire quoi que ce soit, il l'entraîna loin du groupe.

Alabama ne savait pas quoi dire, alors elle demeura assise, embarrassée.

— Bon sang, désolé, Abe... Alabama, dit doucement Benny en se penchant par-dessus la table vers son co-équipier et sa chérie. Alabama, il fréquente Michèle depuis un moment. Elle et Adélaïde sont amies. De toute évidence, c'était une erreur de l'emmener ici aujourd'hui.

Abe hocha sèchement la tête. Il aurait vraiment voulu qu'Alabama rencontre ses amis dans un environnement aussi décontracté que possible, et il avait fallu que la copine du moment de Cookie vienne tout gâcher. Il baissa les yeux vers Alabama.

Sentant le regard de Christopher, elle leva la tête. Il avait l'air tendu et irrité. Elle pouffa sans bruit et le vit hausser des sourcils interrogateurs.

Elle savait qu'elle devait apprendre à tenir tête. Toute cette histoire était drôle quand on y réfléchissait bien. Elle voulait assurer Christopher qu'elle allait bien. Elle ne voulait pas qu'il pense qu'elle risquait de pleurer chaque fois qu'une femme sortirait les griffes. Sinon, il était tellement beau qu'elle pleurerait tout le temps. Elle savait que toutes les femmes présentes étaient terriblement jalouses d'elle, et curieusement, cela la réconforta.

Incapable de retenir un regard circulaire avant de rassurer Christopher, elle se pencha vers lui en murmurant à son oreille d'un ton taquin :

— Y a-t-il une autre amie de ton ex-copine dont je devrais m'inquiéter ce soir ?

Elle recula et lui sourit pour lui faire comprendre qu'il s'agissait d'une plaisanterie. Elle vit ses paupières se fermer à demi et ses pupilles se dilater.

— Merde, Alabama, j'avais peur que tu paniques.

Sans détourner le regard, elle lui dit à voix basse :

— Je panique bien un peu, mais tu es là avec *moi*, pas avec elle. Hunter n'a pas voulu qu'elle reste et j'aime bien tes amis. Je suis déterminée à ne pas me laisser contrarier.

Abe respira plus librement. Il avait été tout disposé à mettre Michèle à la porte en personne. Qu'elle aille au diable. Elle avait parlé d'Adélaïde exprès, juste pour être mesquine. Il espérait que Cookie refuserait de continuer à la voir. L'équipe ne devait pas fréquenter quelqu'un de malintentionné.

Avant qu'Abe ne puisse prendre Alabama dans ses bras et l'embrasser longuement, Emily demanda :

— Alors, Abe ? J'ai entendu les histoires des autres, mais c'est quoi l'histoire de ton surnom ?

Normalement, ils laissaient le soin aux autres d'expliquer leurs propres noms, mais Dude se lança avant qu'Abe ne prenne la parole :

— C'est Abe, comme l'honnête Abraham Lincoln, expliqua-t-il. Une fois, pendant la formation, un con avait décidé qu'il était trop fatigué pour nettoyer ses affaires, alors en plein milieu de la nuit, il les a échangées avec l'équipement d'Abe. Cet idiot ne s'est pas rendu compte que l'équipement comportait des numéros de série. Alors, au matin, au cours de l'inspection, quand Abe s'est rendu compte que l'équipement qu'il portait n'était pas le sien, il s'est donné pour mission de découvrir qui avait fait l'échange. Ça n'a pas traîné. Abe s'est assuré de lui donner une leçon qu'il n'oublierait jamais. Cet enfoiré a sonné la cloche ce matin-là.

Alabama n'avait pas compris toute l'histoire, mais elle hocha quand même la tête.

Dude poursuivit son explication.

— Depuis ce moment, chaque fois que quelqu'un a fait un pas de travers et a essayé de se sortir d'une situation en mentant ou en volant, Abe l'a toujours débusqué. Et le nom lui est resté.

Abe en révéla davantage en précisant :

— Je ne supporte pas que les gens mentent ou volent. Il n'y a aucun besoin de le faire. On a vu des choses horribles durant les missions. Dans les pays pauvres, des gens qui volent de la nourriture à des femmes et des enfants. Des gens qui mentent comme des arracheurs de dents juste pour avoir du pain ou un verre d'eau supplémentaire. D'un côté, je sais que dans des situations désespérées, on peut se résoudre à des choses que l'on ne ferait pas en temps normal, mais ça me reste chaque fois en travers de la gorge. Je déteste ça. Je préfère que les gens soient honnêtes et francs par rapport à leurs besoins ou leurs désirs, au lieu de mentir.

Benny s'immisça dans la conversation, renchérissant :

— Oui, tu te souviens de cette fille avec qui tu... es sorti, et qui portait cette robe super sexy, et quand tu es arrivé chez elle, tu t'es rendu compte que l'étiquette était toujours attachée ? Elle allait la rapporter au magasin pour récupérer son argent après l'avoir portée.

Il s'arrêta, parce que Caroline l'avait frappé fort sur le bras.

— Bon sang, Kason, fais preuve d'un peu de classe. Tu ne peux pas mentionner d'anciennes... conquêtes, alors que sa copine actuelle est assise à côté de lui !

— Quoi ? bafouilla Benny, l'air perdu.

Alabama se remit à pouffer et regarda Christopher, qui se contenta de secouer la tête en murmurant :

— Seigneur, c'était une mauvaise idée.

Cela fit rire Alabama de plus belle et elle posa une main sur sa cuisse.

Ravi, Abe passa une main sur la sienne et entremêla leurs doigts. Il essaya ensuite de clarifier ce que ses amis étaient en train de bafouiller lamentablement.

— Ce que mes incapables de co-équipiers essayent de dire, c'est que je n'aime pas les menteurs et je n'aime pas les gens qui volent. Même acheter une robe dans l'intention de la porter puis de la rendre est une sorte de vol. Ce n'est pas bien et je trouve ça pitoyable.

Alabama comprenait ce qu'il était en train de dire et elle pressa sa cuisse plus fort, le forçant à la regarder.

— Je ne mens pas et je ne suis pas une voleuse.

Abe sourit.

— Je le sais, ma belle. Tu es trop gentille pour faire l'un ou l'autre.

Alabama se détendit au fil de la soirée. Elle passait vraiment un bon moment et son mutisme ne semblait gêner personne. À un moment donné, quand elle se leva pour se rendre au petit coin, Caroline l'imita.

— Vous savez que nous, les femmes, ne pouvons pas y aller toutes seules. On revient vite.

Puis elle prit Alabama par la main et, ensemble, elles se dirigèrent vers les toilettes. En arrivant, elles avaient fait le nécessaire, et pendant qu'elles se lavaient les mains, Caroline lui dit ce qu'elle avait eu envie de dire toute la soirée.

— Christopher est un type bien. Il était dans l'avion avec Matthew, Sam et moi quand les terroristes ont essayé de provoquer un crash. C'est lui qui m'a donné mon surnom. C'est lui qui a convaincu Matthew de se battre pour moi. Je ferais n'importe quoi pour lui. *N'importe quoi.*

Alabama grimaça. On y était. Caroline pensait de toute évidence qu'elle n'était pas assez bien pour lui.

— Cela dit, je t'aime bien, reprit-elle. Tu es exactement ce dont il a besoin. Je n'ai jamais vu Christopher aussi détendu. Il te regarde comme Matthew me regarde. Si tu te sers de lui pour une raison quelconque, je te prie de le laisser partir tout de suite. Mais s'il te plaît vraiment, et je pense que oui, alors protège son cœur. Ces mecs sont des durs. Ils sont forts et jouent les machos, mais à l'intérieur, c'est de la guimauve. Tu peux lui faire du mal.

Parcourant rapidement du regard les toilettes

désertes, Alabama se força à répondre pour rassurer l'autre femme.

— Je ne vais pas faire de mal à Christopher. Il me plaît. Je sais que je ne suis pas assez bien pour lui, mais en attendant qu'il s'en rende compte, je vais m'accrocher.

Le sourire qui illumina le visage de Caroline était aveuglant. Elle tendit les bras et étreignit Alabama. Celle-ci fut tellement surprise qu'elle passa maladroitement les bras autour de l'autre femme en réaction.

— Bienvenue dans la famille, Alabama, dit Caroline d'une voix émue. Je suis contente que Christopher ait trouvé quelqu'un qui soit digne de lui, et pas une pouffe qui veut simplement coucher avec lui.

Alabama fit quelque chose qu'elle n'avait encore jamais fait. Sans y penser, sans regarder autour d'elle pour s'assurer que Maman ne se dissimule pas dans les parages, elle laissa échapper :

— Oh, mais j'ai envie de coucher avec lui.

Surprise, Caroline recula, puis elle se pencha en arrière et éclata de rire comme si Alabama venait de dire la chose la plus amusante qu'elle ait jamais entendue.

— Non ! Vous ne l'avez pas encore fait ?

Embarrassée, Alabama secoua la tête.

— Maintenant, je sais que tu lui plais *vraiment*. Accroche-toi, ma fille. Tu vas connaître l'histoire de ta vie. Si jamais tu as besoin de moi, n'hésite pas à me contacter. Entre femmes, on doit se soutenir.

Alabama ne put que hocher la tête tandis que Caroline lui attrapait de nouveau la main en revenant vers la table.

Quand elles y parvinrent, Caroline lui adressa un autre sourire complice en s'asseyant à côté de son homme. Alabama vit Matthew se pencher vers Caroline et l'embrasser. Ce n'était pas un baiser poli que l'on fait en public, non, il était passionné et se prolongea. Alabama était presque embarrassée d'en être témoin. Mais d'un autre côté, c'était renversant. C'était le genre de baiser qu'un homme donnait à sa compagne seulement. Un baiser qui lui montrait à quel point il l'aimait, combien il avait envie de se retrouver seul avec elle. C'était beau.

Détournant le regard, Alabama croisa celui de Christopher. Ouah. Il la transperçait des yeux.

— Tout s'est bien passé aux toilettes ? Elle ne t'a pas fait peur ?

Alabama secoua la tête.

— Non, elle était super. Tu as des amis fantastiques.

— C'est vrai. Tu veux y aller ? ajouta-t-il après une courte pause.

— Y aller ? Mais il est encore tôt...

— J'ai envie d'être seul avec toi. J'ai envie de toi, Alabama.

Alabama eut des papillons dans le ventre. En avait-elle envie ? S'ils partaient maintenant, elle savait qu'ils finiraient au lit. Elle ne voulait pas trop y réfléchir.

— J'ai envie de toi aussi.

À ces mots, la respiration d'Abe s'accéléra. Il plaça sa main sur son coude et se redressa immédiatement.

— C'était une bonne soirée, les amis. On va partir. À plus.

Sans lui donner l'occasion d'ajouter quoi que ce soit, il jeta quelques billets sur la table pour payer leurs verres et se dirigea vers la porte.

Alabama jeta un regard en arrière et vit Caroline qui lui adressait un clin d'œil. Elle lui rendit son sourire.

Le retour vers l'appartement d'Alabama se déroula en silence. Elle avait dit à Christopher qu'elle était contente d'avoir rencontré ses amis et il avait réagi par un grognement. Alabama avait envie de rire. Elle avait l'impression que les rôles étaient inversés – c'était lui qui avait perdu la capacité de parler pour le moment.

Il conduisit rapidement, mais avec prudence, à travers les rues qui les ramenaient à son petit appartement. Alabama savait ce qui allait se passer et elle était nerveuse et excitée à la fois. Il était temps. Elle était prête à faire l'amour avec Christopher.

Celui-ci gara sa voiture et sortit en silence pour venir à sa rencontre. Elle était trop impatiente pour l'attendre et ouvrit sa portière. La main dans la main, ils gravirent les marches qui menaient à son appartement. Alabama lui tendit les clés quand ils atteignirent sa porte et il leur ouvrit. Il plaça le trousseau dans un panier près de la porte et fit glisser son sac de l'épaule d'Alabama. Il lui prit le visage dans les mains et se pencha pour l'embrasser.

Abe ne tenait plus qu'à un fil prêt à lâcher. Alabama était tellement sexy et il avait hâte d'être en elle. Elle était tout ce qu'il avait toujours désiré chez une femme : douce, gentille et belle. Il l'embrassa profondément tout en la faisant entrer dans la pièce à reculons. Avant cela, il n'avait pas osé prêter la moindre attention au petit lit dans le coin. Il avait toujours eu envie de l'y étendre, mais il ne voulait pas se précipiter. Ils étaient enfin prêts.

Il la fit reculer vers le lit jusqu'à ce que ses genoux touchent le matelas. Abe n'aurait rien aimé de mieux que de l'allonger sur le lit et de la déshabiller, mais il devait s'assurer qu'elle soit sur la même longueur d'onde.

— Tu en as envie, n'est-ce pas, ma belle ? Ce n'est pas seulement moi ?

— Fais-moi l'amour, Christopher. Je suis à toi.

Abe n'hésita pas. Les paroles d'Alabama étaient la permission qu'il attendait sans le savoir. Il saisit l'ourlet de son haut et le remonta sans cesser de la regarder dans les yeux. Il voulait qu'Alabama sache qu'il *la* voyait. Qu'il ne déshabillait pas simplement le corps d'une autre femme, mais celui de *sa* compagne.

Le cœur d'Alabama fit un bond alors qu'elle regardait Christopher qui lui retirait son haut. Ce ne fut que lorsqu'il le jeta à terre derrière lui qu'il détourna les yeux de son visage pour les faire courir le long de son corps. Bien entendu, il l'avait déjà vue durant leurs séances de pelotage, mais là, c'était différent. C'était plus intime, plus personnel. Plus... tout !

— Mon Dieu, tu es tellement belle.

Abe prit les mains d'Alabama dans les siennes et les écarta de son corps. Elle *était* belle. Son soutien-gorge était en coton noir tout simple, mais il correspondait à sa personnalité. Le tissu sombre formait un contraste magnifique contre sa peau pâle.

— Retire-le pour moi, murmura-t-il en lui lâchant les mains afin qu'elle puisse lui obéir.

Alabama rougit, mais elle fit ce qu'il demandait sans lui poser de questions. Elle aurait fait n'importe quoi pour lui. Elle passa les mains dans son dos et dégrafa son soutien-gorge. Elle laissa retomber les bras, et les bretelles glissèrent le long de ses épaules. Elle rattrapa le sous-vêtement d'une main et l'abandonna par terre.

Abe inspira. Il n'allait pas tenir longtemps. Elle était parfaite. Il regarda ses mamelons darder sous son regard. Elle respirait fort, mais ce n'était pas de la peur. Leur désir était réciproque.

Il reprit ses mains dans les siennes et, une fois encore, les tint contre lui.

— Tu es belle, murmura-t-il en se penchant en avant, prenant l'un de ses tétons durcis dans sa bouche.

Alabama gémit. Leurs échanges précédents sur le canapé lui avaient appris que ses seins étaient très sensibles au toucher. Elle tenta de libérer ses mains afin de le toucher, de lui rendre le plaisir qu'il lui donnait. Abe ne la lâcha pas, au contraire, il raffermit sa prise sur elle. Elle ferait comme *il* l'aurait décidé, car s'il la laissait agir à sa guise, il ne tiendrait jamais.

Il savait qu'il était à bout. Il ne pouvait plus attendre. La première fois serait rapide, mais il se consola en se disant qu'ils avaient toute la nuit devant eux.

Il lui lâcha enfin les mains et saisit son propre t-shirt.

— Déshabille-toi et grimpe sur le lit. J'ai hâte.

Il s'exprimait d'une voix basse et rauque, terriblement sexy.

Alabama regarda Christopher se débarrasser de son haut et se pencher pour défaire ses rangers. Elle déboutonna rapidement son propre jean et le quitta en ondulant des hanches. Puis elle retira sa culotte et plongea sous les couvertures.

Elle regarda Christopher se redresser et ôter ses

chaussures d'un coup de pied. Il ouvrit les boutons de son treillis et le retira rapidement. En la regardant dans les yeux pour la première fois depuis qu'ils avaient commencé à se déshabiller, il demanda :

— Tu es prête ?

Dieu, oui ! Cela faisait un moment qu'elle avait envie de lui.

— Oui. J'ai envie de te voir. S'il te plaît.

Alabama inspira quand Christopher retira son boxer. Il était beau, plus épais que l'autre homme avec lequel elle avait couché. Elle savait qu'elle manquait de points de comparaison, mais son sexe était long et dur... pour elle. Elle avait du mal à réaliser tout ce qui se passait enfin entre eux.

Avant qu'elle ait pu finir de le contempler tout son saoul, Christopher rabattit les couvertures et la rejoignit.

— Ne te cache pas. J'ai envie de voir le moindre centimètre de ton corps délicieux.

Il l'écrasa contre lui et gronda dans sa bouche. Il voulait prendre son temps et apprendre le corps d'Alabama, mais il ne pouvait pas, pas cette première fois.

Tout en l'embrassant, Abe passa une main le long de son corps. Elle gémit et écarta les jambes. La sentant tout aussi excitée que lui, Abe sépara leurs lèvres de quelques centimètres seulement et murmura :

— Tu es vraiment prête à m'accueillir. J'aime te sentir moite, et c'est tout pour moi, n'est-ce pas ?

Alabama hocha la tête et avança les hanches dans sa main, qui la caressa plus profondément.

— Je suis prête. Je t'en prie, Christopher.

Une vague de possessivité le traversa à l'improviste. Il ne s'était jamais senti possessif envers aucune des femmes avec qui il avait couché dans le passé. Il les avait utilisées pour son plaisir et cela avait été mutuel. Mais avec Alabama, c'était différent. Elle était à lui.

— Ce sera rapide. J'avais l'intention d'y aller doucement, de mémoriser toutes les courbes de ton corps avant de te faire l'amour, mais je ne vais pas tenir. Je me rattraperai plus tard. J'ai hâte. Tu m'appartiens.

Alabama se contenta de hocher la tête et pressa ses biceps plus fort.

— Dis-le, Alabama. Tu es à moi.

Elle lâcha un petit halètement.

— Je suis à toi, Christopher. Je t'en prie.

— Tu es protégée, ma belle ? Moi, je suis en bonne santé. Les Forces Spéciales me font passer des tests médicaux régulièrement.

Alabama essaya de reprendre ses esprits. Ils auraient déjà dû avoir cette conversation, mais aucun des deux n'avait su attendre et elle avait été trop embarrassée pour aborder le sujet auparavant.

— Je prends la pilule. J'avais besoin de réguler ma... euh... tu sais.

Abe la trouvait mignonne. Elle était gênée de parler de son cycle alors qu'ils étaient au lit, s'apprêtant à faire la chose la plus intime que deux personnes puissent faire ensemble. C'était adorable.

Alabama poursuivit, embarrassée :

— Et, euh... Je suis saine aussi. Je n'ai couché qu'avec un seul mec et c'était il y a un moment. Alors, euh...

— Ne t'inquiète pas. Je sais que c'est vrai. Je n'ai jamais pensé le contraire. J'ai envie de jouir en toi sans capote. Mais c'est comme tu veux. Tu vois, c'est toi qui décides.

— Toi, c'est *toi* que je veux, Christopher, je t'en prie, l'implora Alabama.

Elle n'avait jamais ressenti cela. La dernière fois qu'elle avait couché avec un homme, il était à peine arrivé à la faire mouiller avant de la pénétrer violemment. Cela avait été douloureux, mais il n'avait pas semblé s'en préoccuper. Il s'était contenté de grogner et d'aller et venir en elle jusqu'à l'orgasme. Puis il avait eu le culot de lui demander si elle avait pris autant de plaisir que lui. Dieu merci, elle lui avait demandé de mettre un préservatif.

Elle ne savait pas que le sexe pouvait être aussi bon. Bon sang, Christopher et elle ne s'étaient pas attardés en préliminaires, mais elle était prête pour lui. Plus que prête. Elle était trempée. Un baiser avait suffi pour que le désir lui coupe le souffle.

Il se rapprocha et il se mit à genoux, baissant les yeux vers elle. Elle était allongée devant lui, entièrement nue, sa peau luisante de sueur. Il fit courir une main de ses épaules jusqu'à son ventre, puis il remonta en la caressant. Enfin, il redescendit.

— Tu es belle, s'exclama-t-il dans un souffle. Tu es à moi.

Alabama hocha la tête. Il lui écarta davantage les jambes et se pencha plus près de son ventre. Il la souleva jusqu'à ce que ses fesses se retrouvent appuyées sur ses genoux. Empoignant sa verge, il plaça l'autre main entre les jambes d'Alabama, au-dessus du point crucial où elle le désirait. Il la tint immobile tout en faisant doucement pénétrer le bout de son sexe dans ses replis étroits.

Ils soupirèrent de plaisir, tous les deux.

— Je t'en prie, Christopher, continue.

Abe la pénétra plus profondément jusqu'à ce que ses hanches rencontrent les siennes. Il plaça les deux mains sur son bassin et la souleva plus haut sur ses cuisses. Bientôt, ils fusionnèrent, aussi proches que deux personnes puissent l'être. Abe se pencha alors sur elle et posa ses mains sur le matelas, près de ses épaules.

— Accroche-toi à moi, ordonna-t-il d'une voix rauque.

Alabama leva les bras et lui attrapa à nouveau les biceps.

Elle aimait sentir ses muscles se raidir et elle ondoya avec lui. Sa main ne pouvait pas faire le tour de son bras. Elle se sentait toute petite sous lui. Elle enroula les jambes autour de ses hanches et l'encouragea à continuer.

— Je t'en prie, parvint-elle à articuler.

Abe remua. Seigneur, elle était brûlante, mouillée et toute à lui. Il baissa les yeux et vit qu'Alabama avait jeté la tête en arrière, les paupières closes.

— Regarde-moi, lui demanda-t-il. Ouvre les yeux et regarde qui te fait l'amour.

Alabama obtempéra à sa demande. Christopher la regardait intensément. Elle poussa un petit cri quand il la pénétra plus fort.

— Comme ça. Regarde-moi et comprends que c'est *moi* qui suis avec toi. Tu es à moi. Je ne vais pas te laisser partir.

Alabama répondit la première chose qui lui vint à l'esprit :

— C'est promis ?

— Promis. Tu n'iras nulle part. Bon sang, je ne vais pas partir.

Elle garda les yeux braqués sur Christopher pendant qu'il lui faisait l'amour. Le temps parut se figer, et en même temps, accélérer.

Abe vit Alabama se rapprocher de plus en plus du

point de non-retour. Il posa les doigts là où ils ne faisaient plus qu'un et appuya sur son clitoris. C'était ce dont elle avait besoin pour prendre son envol. À sa demande, elle garda les yeux rivés sur lui jusqu'au dernier moment, puis elle cambra le dos et arqua plus fort les hanches contre les siennes en grognant son nom.

C'était ce qu'attendait Abe pour se perdre à son tour. Il la pénétra une dernière fois et la maintint immobile alors qu'il se déversait dans sa matrice accueillante.

Au bout d'une minute ou deux, il inspira profondément et s'allongea sur Alabama sans se retirer. Il aimait sentir ses contractions et il voulait conserver cette connexion avec elle aussi longtemps que possible.

Alabama était étendue sous son corps comme une poupée de chiffon. Il l'avait chevauchée avec énergie, mais elle avait pris tout ce qu'il lui avait donné. Il n'aurait pas pu retenir ses paroles même si sa vie en dépendait :

— Je t'aime.

Alabama ouvrit grand les paupières. Cela aurait été comique s'ils s'étaient trouvés dans une tout autre position. Elle n'en croyait pas ses oreilles. Elle avait dû mal comprendre.

Elle ferma les yeux, ravie de se sentir si intimement liée à Christopher, et elle poussa un soupir réjoui. Elle n'avait pensé à rien. Absolument rien. Pas étonnant que le sexe soit si populaire dans les livres et les films si c'était aussi bon.

— Tu m'as entendu, ma belle ? Je t'aime, répéta Abe, heureux de la sentir se contracter à ces paroles.

Alabama rouvrit les yeux et regarda cet homme magnifique hissé au-dessus d'elle. Il parcourut d'un index la courbe de l'un de ses sourcils.

— Tu es tout ce que je désire chez une femme. Je sais que c'était rapide entre nous, mais c'est bien réel. Je le sais. Je ne te laisserai pas partir. Tu es à moi. Tu l'as admis. Je ne te laisserai pas revenir dessus.

— Tu m'aimes ?

Alabama avait du mal à intégrer ce qu'il était en train de lui dire.

Abe sourit. Il le lui répéterait jusqu'à ce qu'elle comprenne.

— Oui, ma belle. Je t'aime.

Elle avait l'impression que toutes ses cellules grises s'étaient évaporées. L'orgasme qu'elle venait de vivre devait les avoir aspirées hors de sa tête, parce qu'elle n'aurait jamais prononcé ces paroles avec l'esprit clair :

— Personne ne m'a jamais aimée avant.

Abe grogna et s'allongea à côté d'elle. Il se décala pour s'étendre sur le dos tandis qu'Alabama était blottie contre lui. Il glissa hors de son corps et cette séparation leur tira un gémissement à tous les deux.

— Je t'aime, Alabama Ford Smith. Tu n'as peut-être

jamais été aimée avant, mais tu l'es à présent. Habitue-toi.

— Tu es bien autoritaire, murmura-t-elle, à moitié endormie.

Elle ne s'était jamais sentie aussi bien, aussi en sécurité, aussi protégée, aussi... aimée de toute sa vie.

Abe la serra contre lui. C'était là qu'était sa place, entre ses bras.

Juste avant de s'endormir, il l'entendit murmurer :

— Je t'aime aussi.

Il sourit et dormit mieux qu'il ne l'avait fait depuis plusieurs semaines.

CHAPITRE ONZE

Alabama souriait tout en faisant le ménage. Cela faisait trois semaines que Christopher lui avait dit qu'il l'aimait et elle parvenait à peine à le croire. Sa vie avait tellement changé durant ce court laps de temps, depuis qu'elle fréquentait Christopher. Elle était sortie de sa coquille et elle aimait passer du temps avec ses co-équipiers.

Bien entendu, elle avait l'impression que chaque fois qu'ils sortaient, Faulkner, Kason, Hunter et Sam avaient une nouvelle copine, mais elle aimait apprendre à connaître Caroline. La jeune femme était rigolote et intelligente. Au début, elle s'était sentie gênée en sa compagnie. Caroline était chimiste, après tout, et Alabama faisait des ménages, mais l'autre femme ne lui avait jamais donné l'impression qu'elle était inférieure.

Au début, elle ne voulait pas parler à Christopher de ce qu'elle faisait dans la vie, mais cela aurait semblé absurde de ne pas le faire. Elle en avait stressé pendant une semaine avant de finir par le lui avouer carrément, un soir, après avoir fait l'amour. Il s'était contenté de rire et lui avait demandé depuis combien de temps elle essayait de trouver le courage de le lui dire. Elle avait rougi. Il la connaissait trop bien.

Il lui avait simplement répondu :

— Je t'aime, ma belle. Peu m'importe ce que tu fais dans la vie, l'important est que ça te plaise. Je parie que tu es la meilleure femme de ménage que les Wolfe aient jamais eue.

Elle rit et admit que Greg et Stacy Wolfe l'avaient priée de rester avec eux après l'incendie. Ils l'avaient même rémunérée pour sa semaine de chômage technique.

C'était pareil pour Caroline. Elle ne s'était même pas préoccupée de savoir comment Alabama gagnait sa vie. Elle était passée outre, comme si cela n'avait aucune importance. Elle avait enchaîné en lui demandant ce qu'elle pensait de la nouvelle copine de Hunter. Après avoir largué Michèle, ce dernier semblait plus agité que de coutume. Comme elle n'aimait pas les commérages, Alabama avait simplement haussé les épaules et écouté Caroline lui raconter tous les ragots sur les gars de l'équipe.

Elle avait rarement vu Adélaïde après leur

rencontre dans les bureaux quelques semaines aupara-vant. Ce n'était pas bizarre, puisqu'après tout, Alabama nettoyait après les heures de travail, mais elle avait croisé certains des autres agents et ils étaient tous polis avec elle. Dans l'ensemble, son travail n'était pas diffi-cile. Ce n'était pas ce qu'Alabama aurait voulu faire pour le reste de sa vie, mais cela lui convenait pour le moment. Christopher avait raison. Elle était douée. Elle prenait son travail au sérieux et chaque soir, avant de partir, elle s'assurait que les bureaux soient impeccables.

Alabama quitta les locaux d'un pas énergique. Ses nuits étaient meilleures à présent qu'elle avait Christo-pher dans sa vie. Elle remerciait le destin tous les jours de l'avoir rencontré.

Christopher lui avait rendu la vie facile de bien des façons. Il avait changé la serrure de sa porte et s'était assuré qu'elle soit en sécurité quand il ne pouvait pas être là. Il lui apportait toujours des fleurs et d'autres petits cadeaux. Quand elle protestait, il l'embrassait jusqu'à ce qu'elle arrête de se plaindre.

Alabama prenait aussi soin de lui. Elle se sentait plus à l'aise à la base et il lui avait donné un passe pour visiteurs. Elle pouvait aller et venir à sa guise et elle en profitait pour remplir son réfrigérateur de ses boissons et de ses plats favoris quand il n'était pas là.

Le soir où il lui avait demandé de tendre la main pour déposer une clé dans sa paume avait été l'un des plus extraordinaires de sa vie. Christopher lui avait expliqué que c'était une clé de son appartement et qu'il voulait qu'Alabama s'y sente comme chez elle. Cela signifiait beaucoup pour elle. Elle se hâta de faire réaliser une copie des clés de son propre appartement. Puisqu'il avait fait changer les serrures, Christopher en avait déjà une, mais il se garda de le lui dire.

Abe aimait les petites choses qu'Alabama faisait pour lui. Elle n'avait pas conscience de l'importance que cela revêtait à ses yeux. Il avait essayé de le lui dire une fois, mais elle avait rougi si fort et elle avait été tellement émue qu'Abe avait changé de sujet.

Une fois, en sortant de son bureau sur la base, il s'était rendu compte que sa voiture avait été nettoyée. Elle avait pris son double des clés et avait passé la matinée à la briquer de fond en comble pour lui. Quand il se rendait chez elle après le travail, la plupart du temps, elle avait préparé quelque chose à manger. Elle n'avait pas menti lors de leur première rencontre, quand elle lui avait dit qu'elle ne savait pas vraiment cuisiner, mais cela ne faisait que rendre les plats simples qu'elle lui préparait plus spéciaux encore.

Elle faisait de nombreuses autres choses que les femmes avec lesquelles il était sorti n'avaient jamais pris la peine de faire. Cela ne lui avait pas fait défaut par le passé, mais il remarquait toutes les attentions d'Alabama. Elle allait chercher ses affaires au pressing, avait appris à lui cirer ses bottes ; et un matin, elle avait même emprunté le vélo de Caroline pour le suivre pendant qu'il faisait son jogging. Après-coup, elle avait eu des courbatures terribles pendant deux jours et ils avaient dû faire preuve d'inventivité côté sexe, mais cela en valait la peine. Elle lui avait dit qu'elle voulait passer du temps avec lui, et si cela signifiait faire du sport ensemble, alors qu'il en soit ainsi.

Abe avait clairement exprimé qu'Alabama était à lui, et en retour, elle s'était assurée qu'il comprenne qu'il était à elle, lui aussi. Cela lui plaisait. Il était amoureux.

Ce jour-là, Abe l'attendait à son appartement quand elle était rentrée du travail. Il lui avait préparé un bon dîner, avec un steak et de la purée. Une fois, elle lui avait dit qu'elle ne savait absolument pas faire griller un steak ni faire cuire de la viande, et qu'elle n'en achetait jamais de toute façon, à cause du prix.

Alabama se réjouit de voir Christopher quand elle rentra à la maison. Ils essayaient de se retrouver toutes les nuits, mais parfois, avec son emploi du temps, ce n'était pas possible.

Elle se dirigea tout droit vers lui alors qu'il se tenait devant la cuisinière et elle le prit dans ses bras.

— Salut. Tu as passé une bonne journée ?

Abe était si fier de la voir aussi épanouie ! Elle regardait rarement autour d'elle avant de parler pour voir si sa méchante mère était là. Avec lui, dans leurs appartements respectifs, elle n'hésitait jamais et parlait tout le temps. Il était reconnaissant d'être parvenu à lui donner cette impression de sécurité.

— Oui, ma belle. Et toi ? Tu as passé une bonne soirée ?

— Oui, les bureaux étaient vides. Pas de problème.

— C'est bien. Je nous ai fait du steak pour ce soir. Va t'asseoir et je viens te servir.

— Tu me gâtes, Christopher.

— C'est bien. Il est grand temps que quelqu'un le fasse.

Dieu, comme elle aimait cet homme !

Ils dînèrent en discutant de tout et de rien. Quand Alabama emporta les assiettes vers l'évier pour les laver, Christopher la prit par la main.

— Ça peut attendre, il faut que je te parle.

Alabama se tendit immédiatement. Cela ne présageait rien de bon. Pas étonnant que les hommes détestent quand les femmes leur annoncent : « il faut qu'on parle ».

— Ce n'est pas aussi terrible que tu le penses. Viens, assieds-toi avec moi.

Abe la guida jusqu'au canapé et s'assit dans son coin habituel, la prenant dans ses bras dans le même mouvement.

— J'ai envie que tu rencontres ma famille.

Alabama se raidit. Ouah ! Elle ne s'y attendait absolument pas.

— Ta famille ?

— Oui, ma mère et mes sœurs. Je leur ai tout raconté de toi et elles ont hâte de te rencontrer et d'apprendre à te connaître. Moi aussi, j'ai envie que tu les rencontres. Tu n'as pas eu une bonne mère et j'en suis vraiment désolé, plus que tu ne peux l'imaginer. Alors, j'ai envie de te faire partager la mienne.

À ces paroles, Alabama eut immédiatement les larmes aux yeux. Ces mots n'étaient peut-être pas très romantiques, mais pour elle, ils signifiaient tout. Il savait ce qu'elle avait subi en grandissant, et à sa façon, il voulait essayer de rattraper les choses.

— Et si elles ne m'aiment pas ? ne put-elle s'empêcher de demander.

— Oh, ma belle, elles vont t'aimer. Tu es la meilleure chose qui me soit jamais arrivée. Elles le verront, et c'est pour ça qu'elles vont t'aimer.

Alabama posa la tête sur l'épaule de Christopher et se blottit contre lui, les mains sous sa joue. Elle sentit son bras se raidir autour d'elle. Il ne la pressait pas, lui laissant simplement digérer cette requête à son rythme.

Elle voulait les rencontrer. Elle avait tant entendu parler de ses sœurs, Susie et Alicia, et de sa mère. Elle n'avait jamais eu de famille et, bien sûr, elle aurait tout fait pour en intégrer une.

— D'accord.

— D'accord ?

— Oui, c'est d'accord.

Abe sourit et il la serra plus fort.

— Je suis fier de toi, ma belle. Tu m'as rendu si heureux. J'espère que tu le sais.

Comme elle ne répondait pas, il se contenta de sourire.

— Je vais les appeler et voir ce que je peux arranger.

Alabama hocha la tête.

— Viens. Il est temps d'aller se coucher. J'ai besoin de toi.

Elle se rassit rapidement, s'écarta de lui et se dirigea vers le lit. Elle aussi avait besoin de lui. Elle ignora son rire discret et retira son t-shirt tout en rejoignant le lit. Il cessa immédiatement de rire. Elle pouffa quand il la prit dans ses bras et la laissa retomber sur le dos sur le matelas.

Les craintes qu'elle ressentait à l'idée de rencontrer sa famille disparurent quand Christopher lui montra à quel point il l'aimait.

CHAPITRE DOUZE

Abe regarda Alabama essayer de contrôler le tremblement de ses mains alors qu'ils se dirigeaient vers la
petite maison de sa mère. Il l'avait aidée à acheter cette
propriété après qu'il eut travaillé pour l'armée pendant
quelques années. Elle n'avait jamais eu les moyens
d'avoir une grande maison, quand ses sœurs et lui
étaient enfants, et il voulait s'assurer qu'elle se sente à
l'aise. Il voulait lui rendre l'amour qu'elle leur avait
prodigué depuis leur naissance.

Abe ne sonna pas, mais ouvrit simplement la porte
et entra. Alabama le suivait, serrant nerveusement le
bouquet de fleurs qu'elle avait insisté pour qu'ils
passent acheter avant de se présenter.

Elle entendit des voix féminines alors qu'ils
entraient dans la maison.

— Maman ? On est là ! lança Abe sans s'arrêter.

Elle ne put s'empêcher de songer à sa propre enfance. Si jamais elle avait crié quelque chose comme ça, elle aurait été battue. Elle frémit et essaya de se concentrer sur le présent.

Deux femmes émergèrent de l'arrière de la maison et se précipitèrent vers eux. L'une était petite, mais mince. Ses cheveux bruns ondulaient librement autour de ses épaules. Elle portait un short et un polo à manches courtes, des tennis aux pieds. L'autre femme était un peu plus grande et portait un jean avec un pull fin. Elle arborait une coupe courte extrêmement flatteuse.

La plus petite se jeta sur Abe, qui l'attrapa en la faisant tourner.

— C'est tellement bon de te voir !

— Toi aussi, ma puce !

Abe la reposa et se tourna pour saluer l'autre femme.

— Salut, Alicia, c'est bon de te voir aussi !

La femme plus grande serra Abe contre elle et dit :

— Toi aussi, frérot.

— Il était temps que vous arriviez ! ajouta alors une voix derrière eux.

Tout le monde se tourna vers la mère de Christopher. Alabama se dit que c'était exactement à ça qu'une « maman » devait ressembler. Elle était de taille moyenne et un peu plus corpulente que la norme. Elle respirait le bonheur et la santé.

— Maman !

Abe fit un pas en avant et prit sa mère dans ses bras. Il l'embrassa sur la joue et recula sans la lâcher.

— Tu as l'air super, comme d'habitude.

— Oh, toi... Présente-nous ta compagne.

Elle ne perdit guère de temps en banalités d'usage. Il était évident qu'elle les avait attendus.

Abe s'écarta de sa mère et se tourna vers Alabama qui attendait à quelques pas de là. Il tendit le bras, saisit sa main libre et l'attira vers eux.

Alabama tituba, surprise par ce geste, mais Abe la remit d'aplomb et l'attira contre lui.

— Maman, Susie, Alicia, voici Alabama.

— Nous sommes tellement contentes de te rencontrer enfin ! s'exclama Susie, la plus petite des sœurs.

— Oui, il était temps que Chris te fasse sortir du rocher sous lequel il t'avait dissimulée, plaisanta Alicia en souriant.

Alabama leur rendit un sourire timide. Les deux sœurs étaient rigolotes. Elle aimait l'aisance avec laquelle elles plaisantaient avec leur frère.

Madame Powers s'avança et tendit les deux mains à Alabama.

Celle-ci leva les yeux vers Christopher, qui l'encouragea du menton. Elle se tourna alors vers Bev Powers et lui tendit sa main libre.

La mère de Christopher s'en empara des deux mains et la serra.

— Vous ne pouvez pas imaginer à quel point je suis contente de vous rencontrer, Alabama.

La jeune femme rougit, ne sachant pas quoi dire. Elle ne put s'empêcher de regarder autour d'elle avant de répondre. Elle était assez mal à l'aise pour reprendre ses mauvaises habitudes.

— Je vous remercie, Madame Powers. Moi aussi, je suis contente de vous rencontrer.

— C'est Bev. Vous pouvez m'appeler Bev.

— Très bien, Bev.

Elle rayonnait.

Alabama ne savait pas quoi faire. Elle se sentait empotée et la mère de Christopher lui tenait toujours la main. Ce dernier vint à sa rescousse, comme d'ordinaire, prenant le bouquet qu'elle serrait toujours dans l'autre main pour le tendre à sa mère.

— C'est pour toi, Maman.

Lâchant enfin la main d'Alabama, Bev prit les fleurs.

— Elles sont belles. Merci. Allons, ne restons pas plantés là dans le couloir. Allons nous asseoir pour faire connaissance.

Abe s'empara de la main d'Alabama et la tint fermement alors qu'il laissait ses sœurs et sa mère les précéder. Il voulait avoir un peu d'intimité avec elle avant de les rejoindre.

— Tout va bien jusque-là, ma belle ?

Alabama leva les yeux vers lui et répondit :

— Étonnamment, oui. Je suis toujours nerveuse, mais elles sont très gentilles. Tu as beaucoup de chance, Christopher.

Abe lui rendit son sourire. Il savait qu'elle aimerait rapidement sa famille autant que lui. Elle avait le cœur tendre et elle n'avait besoin que d'un peu d'amitié pour s'épanouir.

Ils se dirigèrent vers le salon pour rejoindre ses sœurs et sa mère.

Assise sur le canapé à côté de Susie, Alabama riait tandis qu'on lui montrait des photos d'enfance de Christopher. Elles parcouraient l'album photo que sa mère était allée chercher après dîner.

Ses sœurs étaient désopilantes. Elles n'avaient aucun problème à rire d'elles-mêmes autant que l'une de l'autre. Elles lui avaient montré des photos d'elles et de Christopher tout nus, s'amusant à lui partager des moments embarrassants de l'enfance de leur frère.

Les histoires qu'elles avaient racontées toute la soirée étaient précieuses pour Alabama. Elle n'avait pas ce genre de souvenirs dans sa vie et elle appréciait que Christopher en bénéficie.

— Eh, Chris, tu te souviens de la fois où tu es revenu nous voir quand j'avais un copain et que tu l'as menacé ? se remémora Alicia.

— Oh, je ne l'ai pas menacé ! rétorqua Abe en riant. Tout ce que j'ai dit, c'est que s'il ne te ramenait pas à la maison en un seul morceau avant le couvre-feu, il allait le regretter.

— Oui, et tu étais assis sur le porche, à nettoyer ton fusil, quand nous sommes rentrés à la maison. Il ne m'a même pas embrassée pour me dire bonsoir. *Il m'a serré la main.* Serré la main ! Bon sang, c'était tellement humiliant !

Tout le monde éclata de rire. Alabama se l'imaginait parfaitement. Christopher avait manifestement appris à être protecteur à un jeune âge, mais cela lui plaisait. Elle n'avait jamais connu ce genre de choses de toute sa vie et elle aurait fait n'importe quoi pour en faire l'expérience en grandissant. Avant de réfléchir à ce qu'elle disait, elle laissa échapper :

— Vous avez de la chance d'avoir eu un grand frère protecteur.

— Oh, elles ne pensaient pas ça à l'époque, dit Bev en riant. Mais vous avez raison, Alabama. Nous avons toutes beaucoup de chance. Je ne sais pas comment je me suis débrouillée, mais Chris est devenu quelqu'un de bien.

Alabama sentit les yeux de Christopher sur elle. Elle leva la tête et vit l'intensité avec laquelle il la regardait. Il *savait* ce qu'elle pensait. Il *savait* comment elle avait grandi et le fait qu'elle aurait fait n'importe quoi pour avoir la chance d'avoir un frère comme lui.

— Bon... Maman, Susie, Alicia, il faut qu'on rentre, dit-il sans quitter Alabama des yeux.

Elle rougit. Elle était embarrassée, mais elle était prête. La soirée avait été stressante. Plaisante, mais stressante. Elle était prête à y aller. Toutefois, elle avait hâte de revenir.

Elles se redressèrent toutes et Alabama regarda Christopher étreindre « ses femmes » l'une après l'autre avant de revenir vers elle.

— C'était un plaisir de te rencontrer, Alabama. J'espère que tu reviendras bientôt. Nous sommes ravies que tu t'abaisses à sortir avec notre frère, dit Alicia en riant.

Bev offrit aussi son opinion :

— Oui, je vous en prie, revenez vite. Je voulais essayer de vous parler en privé durant la soirée, mais je vois que Chris ne veut pas vous quitter. J'espère que vous voyez à quel point mon fils vous apprécie. Il ne nous a présenté qu'une seule autre femme et elle n'était pas très gentille.

Alabama cligna des paupières. Hein ?

— Vous êtes gentille. Nous vous apprécions. Il n'aurait pas osé vous inviter ici si vous n'étiez qu'une passade pour lui. J'ai hâte d'avoir beaucoup d'autres dîners, repas et réunions. Si mon fils a un minimum de bon sens, il vous passera la bague au doigt en un rien de temps.

— Maman ! la gronda-t-il.

Bon sang. C'était à *son* tour d'être embarrassé.

— Quoi ? fit Bev d'un air parfaitement innocent. Je

voulais simplement m'assurer qu'Alabama sache que ce n'était pas un événement commun pour toi.

— Bon sang, Maman, tu crois que je ne le lui avais pas déjà dit ?

Alabama essaya de réprimer un rire. Pour une fois, c'était agréable de voir Christopher patauger. Elle lui serra la main.

— Ce n'est pas grave, dit-elle en essayant de le calmer.

Tout le monde rit, brisant la tension.

— Bon, allons-y. Je vous appellerai dès que possible. Faites attention à vous.

Ils tombèrent dans les bras les uns des autres, y compris Alabama. C'était un peu gênant pour elle, mais elle leur rendit leurs embrassades avec ferveur.

Abe l'installa sur le siège passager de sa voiture et fit le tour pour aller se poser du côté conducteur. Avant de démarrer, il se tourna vers elle et passa la main sur sa nuque, l'attirant à lui. Il plaqua le front contre le sien et murmura :

— Merci, ma belle.

Alabama lui saisit le poignet des deux mains et demanda :

— De quoi ?

— Merci d'être venue avec moi aujourd'hui. Le fait que tu apprécies ma famille signifie plus pour moi que je ne saurais le dire.

— Ce sont des gens bien, Christopher. Je suis contente qu'elles ne me détestent pas.

— Elles n'auraient jamais pu te détester, ma puce. Tu leur as plu. Elles t'auraient fait emménager dans mon appartement aujourd'hui même si on leur en avait donné le pouvoir.

Elle éclata de rire.

— Je n'en suis pas si certaine, mais j'ai vraiment aimé vous voir tous ensemble. Tu ne sais pas la chance que tu as.

— Je le sais, Alabama. Crois-moi, je le sais. Je passe bien trop de temps dans des pays dévastés et je vois trop d'exemples des choses horribles que les gens se font subir mutuellement pour vous exploiter, ma famille ou toi.

Alabama lui caressa la nuque d'une main.

— Je te crois, Christopher. Tu mérites ta famille.

— Tu mérites aussi ma famille, ma belle.

Ils restèrent assis quelques instants de plus dans la voiture, avant qu'Abe ne ferme les yeux et ne l'embrasse. Ce baiser était léger et doux, mais il se prolongea.

Enfin, ils s'écartèrent l'un de l'autre et demeurèrent quelques secondes à se regarder dans les yeux.

— Tu es prête à rentrer ? lui demanda-t-il avec une lueur intense dans les prunelles.

Alabama savait exactement ce qu'il avait à l'esprit, et c'était réciproque. Elle hocha la tête.

Il lui donna un autre baiser, puis il s'écarta pour de bon et tourna la clé de contact.

— Rentrons, ma belle. Je te montrerai à quel point je « t'apprécie ».

Il afficha un sourire goguenard.

Alabama avait hâte de voir.

CHAPITRE TREIZE

Le soir suivant, après avoir nettoyé les bureaux, Alabama entra dans les quartiers de Christopher à la base. Il lui avait demandé de venir chez lui parce qu'il voulait lui concocter à dîner. Elle préférait lorsque c'était lui qui préparait le repas, car elle était vraiment nulle sur ce point. Elle savait préparer des nouilles toutes prêtes ou un ragoût, mais c'était là toute l'étendue de ses talents culinaires.

Dès l'instant où elle ouvrit sa porte, elle huma l'odeur délicieuse de l'ail et d'autres condiments. Il était en train de préparer des spaghettis et ça sentait divinement bon.

Abe avait hâte qu'Alabama quitte le travail et rentre à la maison. Désormais, leur « maison » était partout où ils passaient du temps ensemble. Ce soir-là, il voulait la gâter parce qu'il avait reçu la nouvelle qu'il redoutait depuis un moment. Il savait que cela allait bien finir par arriver. Dans la journée, leur commandant leur avait annoncé qu'ils étaient désignés pour partir en mission.

Ils s'en allaient le lendemain matin, ce qui n'était guère surprenant. La plupart du temps, quand ils étaient envoyés en mission, c'était quasiment à l'improviste.

À présent, Abe devait l'annoncer à Alabama. Il était nerveux. C'était la première fois que l'équipe avait été envoyée en mission depuis qu'Alabama et lui étaient ensemble.

Il n'était pas bête. Il connaissait les statistiques sur les relations amoureuses avec des soldats d'élite. Elles étaient atrocement basses. Mais si Caroline et Wolf parvenaient à faire en sorte que cela fonctionne, Abe avait espoir qu'Alabama et elle réussissent aussi.

Il allait devoir laisser Alabama et ce serait difficile, il le savait. Pour la première fois depuis longtemps, Abe n'avait pas hâte de partir. Généralement, il était la première personne à bord de l'avion et celui qui ressentait le plus d'enthousiasme à remplir leur mission avec succès.

Ce serait la première fois qu'Abe ne passerait pas la veille de leur départ à étudier les informations qu'ils avaient reçues. Il voulait passer la moindre seconde avec Alabama, sans songer au travail. Il voulait répondre à toutes les questions qu'elle pourrait avoir –

et auxquelles il avait le droit de répondre – et passer ses dernières heures à la tenir dans ses bras.

— Alors, ma belle, tu as passé une bonne journée ?

Abe alla à la rencontre d'Alabama quand elle entra dans la pièce.

— Oui, la routine. Et toi ?

— Tu m'as manqué.

— Non, vraiment ? lui répondit-elle avec un sourire coquin.

Abe éclata de rire et la prit dans ses bras. Il la pencha sur son bras et la fit basculer en arrière jusqu'à ce que sa tête se retrouve en dessous de ses épaules.

Alabama poussa un cri et lui serra fort les biceps. Posant la bouche dans son cou, il entreprit de la mordiller.

— Je t'ai manqué ? demanda-t-il entre deux baisers.

— Oui, oui, tu sais que oui ! Pose-moi !

Abe ricana et la reposa sans la lâcher pour autant.

Elle sentait qu'il était content de la voir. Sa longueur rigide était pressée contre elle alors qu'il la serrait de près.

— Embrasse-moi, ma belle. Ça fait presque huit heures que je n'ai pas goûté à ta saveur.

— Avec plaisir.

Au bout d'un moment, Abe s'écarta à contrecœur.

— Si je ne m'arrête pas tout de suite, nous n'aurons rien à manger.

— Cela me convient parfaitement, murmura Alabama avant d'aspirer le lobe de son oreille dans sa bouche, le suçant avec énergie.

Abe frémit et songea à envoyer le dîner au diable avant de se rappeler qu'il devait lui annoncer son départ, prévu pour le lendemain matin.

Il écarta résolument Alabama et rit en la voyant faire la moue.

— Allons, laisse-moi te donner à manger, femme.

Le dîner était délicieux, comme d'habitude. Christopher cuisinait très bien et Alabama aimait toujours ce qu'il préparait. La sauce pour les pâtes était épicée, mais pas trop.

Quand ils eurent fini, ils débarrassèrent tous les deux la table et Christopher fit la vaisselle pendant qu'Alabama la séchait au torchon.

— Tu veux regarder la télévision un moment ? proposa Abe, conscient qu'elle refuserait.

— Non, j'ai envie de toi.

Alabama était sortie de sa coquille et Abe adorait ça. Elle ne semblait plus timide avec lui et elle avait pris de l'assurance au lit. Il appréciait qu'elle le laisse se montrer aussi autoritaire qu'il avait besoin de l'être. Elle aurait fait tout ce qu'il lui demandait sans poser de questions. Il lui avait expliqué, un soir, que s'il y avait quelque chose au lit qu'elle était gênée de faire, elle n'avait qu'à le lui dire et il arrêterait. Abe avait été surpris de sa réponse. Alabama lui avait dit qu'elle lui faisait confiance, qu'elle aimait quand il prenait l'initiative et tout ce qu'ils avaient fait ensemble jusqu'à présent. Abe savait qu'ils étaient faits l'un pour l'autre.

Il saisit Alabama et la jeta par-dessus ses épaules à la manière d'un pompier. Il s'amusa de son cri étonné.

— Repose-moi, Christopher. Je suis trop lourde !

— Tu rigoles ? Bébé, tu sais que je suis un soldat d'élite, non ? L'équipement que je dois transporter pèse plus que toi !

Elle rit avec lui, mais il s'immobilisa en sentant qu'elle lui empoignait les fesses. Il décampa vers son lit. Il voulait être en elle. Tout de suite.

Il entra dans sa chambre d'un pas vif et jeta Alabama au milieu du lit. Il aimait le son de son rire, et surtout, il aimait en être la cause. Il savait qu'elle n'avait pas assez ri durant sa vie.

— J'aime te voir ici.

— Où ?

— Dans mon lit.

Alabama lui sourit et se rassit. Sans un mot, elle leva les deux bras.

Abe tendit les mains vers elle et fit lentement passer son haut par-dessus sa tête. Sans regarder où il atterrissait, il le lança par-dessus son épaule. Il tendit la main vers ses seins et les caressa.

— Bon sang, Alabama, tu es tellement sexy.

Elle lui répondit par un sourire. La barre rigide dans son pantalon lui prouvait qu'il disait la vérité. Elle s'étendit sur le dos, délogeant ses mains. Les coudes sur le lit, elle lui dit d'un ton joueur :

— Ce pantalon est vraiment gênant. Tu veux bien m'aider à l'enlever ?

Qu'Alabama soit devenue mutine plaisait à Christopher.

— Bien entendu, ma belle. Je veux que tu sois à ton aise…

Faisant courir ses mains sur son ventre, il prit son temps pour atteindre le bouton de son jean. Il l'ouvrit et fit lentement descendre la fermeture éclair.

— Soulève-toi, demanda-t-il d'une voix rauque, en déglutissant fort quand Alabama arqua les hanches dans sa direction.

Abe mit ses mains à l'intérieur de son jean, de chaque côté de ses hanches, et fit glisser le tissu, emportant ses sous-vêtements dans le même mouvement.

— Oups, je crois que ta culotte est malencontreusement venue avec ton pantalon.

Alabama éclata de rire et passa les bras dans son dos afin de dégrafer son soutien-gorge. Elle le retira rapidement et s'allongea sur le dos, les mains au-dessus de la tête, le dos arqué.

— L'un de nous deux est trop habillé.

Sans dire un mot, Abe attira les hanches d'Alabama vers le côté du lit. Elle poussa un cri de surprise, mais n'hésita pas. Il leva les yeux, accrocha son regard et baissa la tête.

— Christopher, gémit-elle d'extase.

Rompant enfin le contact visuel, Abe contempla le sexe parfait d'Alabama.

— Tu es tellement moite.

Il retira une main de ses hanches et fit glisser un doigt léger sur sa moiteur, remontant vers son clitoris avant de baisser la tête. Alors que son doigt caressait son petit bouton et les alentours, sa langue explora le moindre centimètre de sa vulve.

Alabama gémit. Elle n'aurait jamais imaginé qu'un cunnilingus puisse être aussi bon. Christopher et elle s'étaient attisés tout en explorant leurs corps, mais là, c'était différent. Il était toujours entièrement vêtu et cela lui plaisait. Elle se sentait libertine et sexy, et elle aimait sentir sa bouche sur elle à chaque seconde.

— Bon sang, c'est tellement bon.

Abe fit remonter sa bouche vers son clitoris, qu'il suça délicatement. Il fit pénétrer un doigt en elle tout en cherchant ce point sensible sur la paroi frontale de son sexe. Quand Alabama fit un bond entre ses mains, il sut qu'il l'avait trouvé. Un autre doigt vint rejoindre le premier tandis que son autre main saisissait fermement sa hanche. Il leva la tête, le temps de murmurer :

— Abandonne-toi, ma belle. J'ai envie de te sentir exploser autour de mes doigts. Donne-moi tout ce que tu as, ne te retiens pas.

Il baissa la tête et s'affaira à la rendre folle.

Alabama se contorsionnait entre les mains de Christopher. Elle plaça une main à l'arrière de sa tête et s'agrippa au peu de cheveux qu'il avait. Son autre poing serrait fermement le drap à côté d'elle. Elle avait déjà joui avec Christopher en elle, mais c'était différent. Cela semblait plus intime, plus intense... plus tout.

Abe sentait qu'Alabama était proche. Il la caressait de l'intérieur tout en suçant vigoureusement son clitoris. Avec une dernière torsion de la main et une petite vibration de ses lèvres, Alabama eut un puissant orgasme.

Il n'arrêta pas avant qu'elle se contorsionne sous son corps. Bientôt, elle frissonnait de nouveau. Enfin, quand elle gémit : « Mon Dieu, Christopher, je t'en prie », il se redressa. Il la lécha une dernière fois et retira lentement ses doigts. Attendant qu'elle baisse les yeux, il amena ses doigts à sa bouche pour en lécher lentement le nectar.

— Tu es belle et délicieuse, lui dit-il avec une lueur dans les yeux.

— J'ai envie de toi.

— Tu m'as, ma belle.

— Non, en moi. J'ai envie de te sentir en moi. Maintenant.

Abe recula lentement du côté du lit où il s'était agenouillé et il se redressa.

— Recule, ma belle. Fais-moi de la place.

Alabama lui obéit et se décala vers le milieu du lit sans détacher ses yeux de Christopher. Alors qu'elle se déplaçait, il remonta son t-shirt et le fit passer par-dessus sa tête, puis il retira son pantalon et ses sous-vêtements tout en la couvant du regard. Quelques secondes plus tard, il lui grimpait dessus, sur le lit.

Elle leva les yeux alors qu'il s'abaissait sur elle. Il avait un regard intense et les pupilles dilatées par le désir. Sans mot dire, il détourna enfin le regard et se penchant pour capturer un sein dans une main et l'autre dans sa bouche. Il lui suça et lui pinça les mamelons tour à tour. Enfin, quand Alabama fut prête à bondir, il dit :

— Je ne peux plus attendre.

— Alors, n'attends pas. Christopher, prends-moi tout de suite.

— Guide-moi en toi.

Elle gémit. Tout ce qui sortait de sa bouche était sexy et l'excitait encore plus. Elle baissa la main et caressa l'érection impressionnante de Christopher. Quand il lui répondit d'un grognement, elle sourit.

— Vas-y.

Alabama aurait continué à le taquiner, mais elle le voulait en elle autant qu'il semblait avoir envie de s'y trouver. Elle guida son sexe vers le sien et ils s'animèrent en même temps. Elle arqua les hanches à l'instant précis où il entrait en elle d'un mouvement fluide et rapide.

— Oh, oui, gémirent-ils en même temps.

Abe se tint immobile une seconde au-dessus d'Alabama. Elle était extraordinaire. Chaque fois qu'ils faisaient l'amour, il avait l'impression que c'était à nouveau la première fois. Elle se contractait autour de lui, follement moite. Il se retira presque entièrement avant de la pénétrer profondément. Il voulait se perdre en elle, pour finir par ne faire plus qu'un. Il se retira à nouveau, lentement, puis donna un coup de reins énergique.

— Oui, Christopher. Encore. Plus fort.

Abe fit comme Alabama l'avait demandé et répéta le mouvement. Encore et encore, il se retira lentement puis s'enfonça à nouveau. Quand ses hanches commencèrent à rencontrer les siennes à chacun de ses coups de boutoir, il la fit pivoter pour la placer sur son corps. Ce changement de position fit hésiter Alabama et elle se redressa pour le regarder. Elle posa les mains sur sa poitrine et il sentit ses doigts se courber comme de petites serres.

— Chevauche-moi, Alabama. Prends-moi.

Sans un mot, elle se mit en mouvement. Elle se releva puis redescendit. Après quelques va-et-vient, elle trouva le rythme, et bientôt, ils gémirent tous les deux.

— Tu es belle. Regarde-toi.

Abe avait du mal à croire en sa chance. Alabama était de toute beauté. Ses mouvements faisaient tressauter ses seins et elle avait rejeté la tête en arrière. Il fit courir ses mains sur sa poitrine et lui agrippa vivement les hanches.

— Plus fort, Alabama. Je suis à toi. Prends-moi.

En sentant qu'il allait exploser, Abe baissa la main et fit courir son pouce sur le clitoris d'Alabama pendant qu'elle le chevauchait. Trois caresses suffirent avant qu'elle n'explose. Il reprit le contrôle et lui maintint les hanches en place alors qu'elle tressaillait au-dessus de lui, coulissant en elle. Cinq coups de reins suffirent à le faire jouir. Puis il serra Alabama contre lui tandis qu'ils finissaient de cuver leurs orgasmes. Enfin, elle s'écroula sur lui.

— Je suis trop lourde, murmura-t-elle en essayant de se laisser glisser à côté de lui.

— Non, tu es parfaite. Reste. Je n'ai pas encore envie de te perdre.

Ça aussi, c'était une expérience nouvelle pour Abe. Dans le passé, il avait hâte de quitter le lit d'une femme pour aller se nettoyer. C'était son premier réflexe après chacun de ses ébats. Mais avec Alabama, il se délectait de leur senteur combinée, de son contact, de se sentir ramollir entre ses jambes. Cela allait lui manquer. Elle allait lui manquer. Bon sang, il ne voulait pas la quitter.

Ils demeurèrent imbriqués l'un dans l'autre, repus. Chaque fois qu'ils faisaient l'amour, il avait l'impression que c'était de mieux en mieux. Alabama se laissa enfin glisser sur le côté. Sa tête reposait à présent sur son épaule et elle avait passé une jambe au-dessus de la sienne. Elle lui serrait le ventre d'un bras, lovée contre lui comme si elle y était attachée.

Abe savait qu'il était temps. Il ne pouvait plus retarder l'annonce de son départ. Il détestait s'y résoudre alors qu'ils étaient aussi détendus, mais il ne pouvait pas y couper.

— Ma belle, notre commandant a convoqué l'équipe aujourd'hui pour nous communiquer des nouvelles. Je dois partir en mission demain. Je ne peux pas te dire où nous partons ni durant combien de temps, mais je te jure que je reviendrai aussi vite que possible.

Alabama eut immédiatement les larmes aux yeux. Elle savait que ce jour arriverait. Jusque-là, ils avaient eu de la chance ; l'équipe n'avait pas été appelée depuis longtemps. Elle ne lâcha pas Christopher, mais inclina la tête en arrière afin qu'il puisse voir son visage.

— Ne pleure pas, ma belle, je serai bientôt rentré, l'implora Abe.

— Ce n'est pas pour ça que je m'inquiète, s'étrangla Alabama.

— Parle-moi.

— Tu feras attention, n'est-ce pas ?

— Oh, bébé.

Abe comprit aussitôt de quoi elle avait peur.

— Bien entendu. Tu sais que mon équipe est la meilleure d'entre toutes. D'ailleurs, je sais que je reviendrai vers *toi*. Je ne prendrai aucun risque. J'ai envie de revenir pour toi.

— C'est promis ?

Abe sourit. Elle lui avait fait promettre toutes sortes de choses depuis qu'ils sortaient ensemble, et il n'avait pas hésité à lui promettre tout ce qu'elle avait besoin d'entendre. Il lui aurait décroché la lune s'il avait pu le faire.

— Je te le promets, ma belle.

Elle renifla en essayant de se contrôler.

— Je vais peut-être appeler Caroline et rester avec elle pendant que vous serez partis.

Abe inclina le menton et l'embrassa passionnément. La sensibilité d'Alabama lui plaisait. Oubliant ses inquiétudes, elle avait immédiatement songé à son amie et au fait qu'elle aussi aurait besoin de soutien.

— C'est une très bonne idée. Je sais qu'elle aimera avoir un peu de compagnie durant notre absence. Tu sais que tu peux aussi appeler Susie et Alicia. Je suis certain qu'elles aimeraient apprendre à mieux te connaître.

Alabama hocha la tête et se blottit davantage dans les bras de Christopher. Elle n'était pas encore prête à passer du temps seule avec ses sœurs. Elle savait qu'il lui faudrait quelques visites supplémentaires, Christopher à ses côtés, avant d'être capable de sortir avec elles toute seule.

Ils restèrent silencieux un moment, perdus dans leurs pensées. Enfin, Abe retourna Alabama jusqu'à ce qu'elle se retrouve sur le dos et il s'installa sur elle. Il sourit. Certes, il n'avait aucune envie de partir, mais plus vite il partirait, plus vite il serait rentré pour un corps-à-corps extraordinaire afin de fêter leurs retrouvailles. En attendant, il avait l'intention de contenter suffisamment sa compagne pour qu'elle puisse tolérer leur séparation.

CHAPITRE QUATORZE

Alabama était assise à sa petite table de cuisine, faisant tourner une fourchette entre ses doigts en attendant que son dîner finisse de cuire dans le micro-ondes. Cela faisait dix jours que Christopher était parti et elle se sentait abandonnée. Caroline et elle avaient passé plusieurs soirées ensemble, à discuter. Alabama comprenait mieux ce que cela signifiait d'être avec un soldat des Forces Spéciales. La plupart du temps, l'équipe des SEAL devait partir au pied levé. Caroline ne savait jamais où se trouvait Matthew ni quand il serait rentré.

Mais Caroline lui avait dit que même si c'était difficile, très difficile, elle savait également que c'était la vocation de Matthew. Grâce à ses expériences auprès de l'équipe, elle savait qu'ils étaient compétents dans leur travail. Caroline lui avait raconté toute l'histoire ;

comment elle avait été kidnappée et jetée par-dessus bord dans l'océan. L'équipe des Forces Spéciales s'était rassemblée. Non seulement ils l'avaient sauvée, mais ils avaient également tué ses ravisseurs du même coup.

Alabama avait été horrifiée d'apprendre ce par quoi Caroline était passée, mais elle comprenait ce que celle-ci essayait de lui dire. La compagne de Matthew savait que les garçons allaient veiller les uns sur les autres ; elle les avait vus elle-même en action.

Caroline aimait les gars de l'équipe comme des frères. Elle n'aurait préféré personne d'autre que ces hommes-là sous le commandement de Matthew. Alabama se dit que si Caroline leur faisait confiance pour veiller sur la sécurité de son homme, alors elle pouvait faire pareil pour Christopher.

Elle revint au présent. Quelque chose de bizarre s'était passé au travail ce soir-là. Elle s'était rendue comme d'habitude à l'agence immobilière, mais Adélaïde était là avec une autre employée, Joni. Alabama ne la connaissait pas très bien. Elle avait rejoint la société après l'incendie. Comme elle avait vu Adélaïde et Joni passer du temps ensemble, Alabama n'avait pas pris la peine d'essayer de la connaître. Si Joni traînait avec Adélaïde, elle n'avait aucun désir de la fréquenter. Ce n'était peut-être pas juste, mais c'était ce qu'elle ressentait.

Alabama était allée préparer son chariot pour le ménage du soir quand Joni avait surgi derrière elle.

Elle lui avait fait une peur bleue, mais Alabama avait tenté de faire comme si de rien n'était.

— Salut, Alabama. Comment ça va, ce soir ?

Alabama était surprise que Joni lui parle et encore plus surprise de les avoir vues ensemble au bureau après les heures d'ouverture.

— Je vais bien, et vous ?

Elle gérait bien mieux les échanges de la vie courante depuis qu'elle avait commencé à sortir avec Christopher et à passer du temps avec son équipe.

— Bien. Dites-moi, combien de temps travaillez-vous chaque soir ? Ça doit craindre un peu de travailler le soir, non ?

— Ce n'est pas si mal. Généralement, j'ai fini en deux heures.

— Ah oui, ce n'est pas si mal. Bon, je m'en vais. Bonne soirée.

Alabama observa Joni prudemment alors qu'elle redescendait le couloir. Quelques instants plus tard, elle la vit partir en compagnie d'Adélaïde. Elle haussa les épaules et poursuivit son travail. Elle n'allait pas perdre son temps à songer à ces femmes. Elle savait ce qui comptait vraiment dans sa vie. Christopher. Il était parti protéger leur pays ; elle ne pouvait pas se préoccuper de femmes mesquines comme Adélaïde.

* * *

Alabama enfila son pyjama de flanelle et se blottit dans son lit. Elle avait dû faire la lessive la veille et se sentait vide dans son lit à présent. Les draps avaient beau sentir le propre et le frais, l'odeur de Christopher lui manquait. Elle avait imprégné les taies d'oreillers et les draps, mais ce soir, elle avait disparu.

Ce n'était pas seulement l'absence d'odeur qui la rendait mélancolique. Ils avaient fait tant de choses extraordinaires dans ce lit. Alabama s'était habituée à dormir avec Christopher et elle avait du mal à s'ajuster à l'idée de recommencer à dormir seule.

Elle se réveilla en sursaut en entendant la clé tourner dans la serrure. Elle se rassit sur son lit et regarda la porte s'ouvrir. Elle poussa un cri aigu en découvrant Christopher. Il était rentré !

Abe se campa sur ses jambes quand il vit Alabama traverser la petite pièce et se jeter sur lui. Il grogna lorsqu'elle entra en contact avec son corps et fit un pas en arrière. Laissant tomber son sac, il la serra contre lui. Dieu, comme elle lui avait manqué ! Elle sentait tellement bon. Il était fatigué. Quand ils étaient rentrés à la base, il avait songé à retourner chez lui pour prendre un repos bien mérité et venir la voir dans la matinée, mais il n'avait pas pu s'y contraindre. Il n'avait même pas pris de douche avant de se présenter à son appartement.

Il avait besoin de la voir. Il avait besoin de la sentir dans ses bras. La mission n'avait pas été terriblement difficile, mais cette fois, elle lui avait semblé deux fois plus longue. À présent qu'il savait qu'Alabama l'attendait à la maison, la mission paraissait plus difficile. Il en avait parlé à Wolf et ils avaient longuement discuté de ce que cela signifiait d'avoir quelqu'un à la maison. Son ami était passé par le même processus.

Tout ce qu'ils faisaient en se battant pour leur pays avait un sens plus profond maintenant qu'ils avaient quelqu'un qui les attendait. Non qu'ils se soient montrés imprudents avant, mais à présent, la moindre de leurs décisions pouvait signifier que leur compagne ne les reverrait plus. C'était dur. Wolf avait aidé Abe à essayer de digérer la chose.

Alabama n'hésita pas à enrouler ses membres autour de Christopher. Dieu merci, il était rentré. Elle enfouit son nez contre son cou... puis elle recula. Ouah, il sentait fort. Ce n'était pas l'odeur de l'homme qu'elle connaissait et qu'elle aimait. Elle le vit sourire.

— Je dois prendre une douche, ma belle.

— Oui, je le sens bien.

— Il fallait que je te voie. Je n'avais pas envie d'attendre.

Oh, c'était gentil. Elle sourit, laissant retomber ses jambes pour se tenir debout sans toutefois le lâcher.

— J'en suis contente. Je t'aime.

— Je t'aime aussi.

Abe la serra de nouveau contre lui et ils restèrent

debout un moment, appréciant la sensation de se retrouver dans les bras l'un de l'autre.

— Bon, file sous la douche. Tu as des vêtements à laver ? Tu veux boire ou manger quelque chose ?

— Non, ma belle. Je te remercie. Ça peut attendre jusqu'à demain. J'ai simplement envie de me débarbouiller et de te pénétrer.

Il la vit rougir. Il aimait la voir virer au rouge en l'entendant parler aussi crûment.

— Va te mettre au lit et déshabille-toi. J'arrive dans une minute.

Alabama hocha la tête et s'écarta de lui. Elle ne s'habituerait jamais à ses paroles franches et directes, mais secrètement, ça lui plaisait. Elle posa les mains sur les boutons de son haut et commença à les ouvrir de bas en haut.

— Dépêche-toi, Christopher. Je t'attends.

Elle rit en le voyant tituber alors qu'il se dirigeait vers la petite salle de bains de son appartement. Elle aimait le surprendre. Cela n'arrivait pas très souvent, et quand cela se produisait, c'était génial.

Abe se doucha aussi rapidement qu'il le put, réussissant tout de même à se débarrasser de la crasse et de l'odeur. Le bandage sur son épaule avait besoin d'être changé, puisqu'il était mouillé, mais il ne pensait pas avoir besoin d'un nouveau une fois qu'il aurait terminé. Il passa la serviette sur son corps et se rasa prestement le menton. Même s'il aimait laisser ses marques sur Alabama, il ne voulait pas lui faire mal. Il sortit de la salle de bains à grands pas, la serviette nouée autour de sa taille, et il s'arrêta net en voyant Alabama dans son lit.

Elle était complètement nue, allongée sur les couvertures. Elle s'était appuyée sur les oreillers, inclinée contre la tête de lit. Elle avait plié les genoux et écarté les jambes. Elle faisait courir les mains sur sa poitrine, de bas en haut, et passait occasionnellement les doigts à l'intérieur de sa cuisse.

— Il était temps.

Abe se dirigea rapidement vers le lit, se débarrassant de la serviette en cours de route. Elle tomba à terre, immédiatement oubliée.

— Bon sang, tu es fantastique.

Alabama était toute prête à séduire son compagnon. Elle se sentait vraiment gênée de se toucher de la sorte, mais à en juger par sa réaction, cela en valait la peine. Au moment où il parvint au lit et posa un genou sur le matelas pour lui grimper dessus, elle aperçut la blessure sur son épaule.

Elle poussa un petit cri, refermant immédiatement les jambes et cessant de se caresser.

— Oh, mon Dieu ! Christopher, tu es blessé !

— Non, ma belle. Ce n'est rien. Viens ici.

— Non ! Tu es blessé. Laisse-moi voir.

Abe soupira. Il avait vraiment besoin d'elle, mais elle n'avait pas l'air de vouloir coopérer, du moins pas pour le moment. Il aurait pu lui ordonner de se remettre en position, mais il n'en avait pas la force. D'ailleurs, c'était bon de la voir s'inquiéter pour lui.

Alabama se pencha et alluma la lampe près du lit. À l'évidence, elle ne réalisait pas à quel point elle était sexy à s'inquiéter ainsi pour lui, intégralement nue. Abe essaya d'ignorer la façon dont son corps ondulait et tressautait aux endroits affriolants, mais ce fut peine perdue. Il avait passé la dernière semaine et demie dans un véritable enfer de l'autre côté du monde, à penser à elle. Il ne pourrait pas attendre indéfiniment d'être en elle.

Alabama inspecta l'épaule de Christopher. Il avait raison, ce n'était pas si méchant, mais la blessure était profonde.

— Que s'est-il passé ? demanda-t-elle à voix basse, faisant délicatement courir ses doigts le long des points de suture qui barraient son épaule.

— Un ennemi avec un couteau s'est approché un peu trop près à mon goût.

Ignorant toutes les implications de ce qu'il venait de dire, Alabama essaya de tempérer sa curiosité. Elle ne voulait probablement pas savoir ce qu'il s'était passé exactement. Sans quoi, elle risquait de faire des cauchemars.

— Vous avez gagné ?

Cela fit ricaner Abe. Il était prêt à détourner ses questions sur la mission en elle-même – il ne pouvait pas en parler, même avec elle –, mais elle l'avait encore surpris. Il n'aurait pourtant pas dû l'être. Alabama semblait le comprendre.

— Oui, ma belle, on a gagné.

Ce n'était pas une compétition, mais il ne fit pas l'effort de le lui expliquer. Il pensait qu'elle le savait, seulement qu'elle s'était mal exprimée.

Abe serra les dents quand Alabama se pencha vers lui et embrassa les dix points de suture sur son épaule. Il avait tué l'ennemi alors même que le couteau lui perforait l'épaule. Il l'avait reçu là où le gilet pare-balles ne le protégeait pas entièrement. L'homme avait eu de la chance, mais pas trop. Il était mort avant même d'avoir touché terre.

La langue d'Alabama sur sa peau le fit craquer. Il la fit basculer et l'immobilisa sous son corps. Elle lui sourit.

— Tu m'as manqué, Christopher, dit-elle douce-ment. Je suis contente que tu sois rentré.

— Moi aussi, ma belle. Moi aussi.

Ils passèrent les quelques heures suivantes à se montrer à quel point ils s'étaient mutuellement manqué. Le soleil venait à peine de poindre à l'horizon lorsqu'ils glissèrent ensemble dans un sommeil épuisé, tous les deux rassurés que l'autre soit là, en sécurité.

CHAPITRE QUINZE

CHAPITRE QUINZE

Alabama demeurait assise sur la chaise rigide, tremblante. La table devant elle était en inox brillant et ne présentait pas la moindre empreinte digitale. Elle se demanda comment ils avaient réussi à la rendre aussi propre. Vaguement, elle se demanda aussi quel type de produit de nettoyage ils avaient utilisé. Elle essaya de ne pas se demander combien de temps s'était écoulé depuis qu'on lui avait dit que Christopher avait été prévenu. Le policier ne l'avait pas laissée l'appeler en personne, mais il avait dit qu'il l'informerait qu'elle se trouvait là et qu'elle voulait le voir. Il arriverait bientôt ; il fallait qu'elle parvienne à s'en convaincre.

Elle était gelée. Ils devaient conserver la température anormalement basse afin de pousser les gens aux aveux ou quelque chose de ce genre. Elle n'en savait rien ; tout ce qu'elle savait, c'était qu'elle avait froid et qu'elle avait hâte que Christopher vienne l'aider à comprendre ce qu'il se passait. Il lui avait tant répété qu'il veillerait sur elle. Et elle avait assurément besoin qu'il veille sur elle à présent.

Ce matin-là avait été l'un des meilleurs de sa vie. Elle s'était réveillée dans les bras de Christopher plus tard que d'ordinaire après leur nuit de passion. Il lui avait donné un baiser ensommeillé et lui avait dit qu'il l'ai-mait. Il était épuisé. Les missions devaient avoir cet effet-là, sans parler de leurs galipettes nocturnes.

Elle s'était levée et lui avait préparé un brunch. Il n'était pas obligé de partir tôt, puisqu'il était rentré tard, mais il lui avait dit qu'il devait se rendre au rapport dans l'après-midi. Ils s'étaient mis d'accord pour se retrouver plus tard, quand elle serait rentrée du travail.

En arrivant à l'agence immobilière, elle avait trouvé l'endroit en ébullition. Elle ne savait pas exactement ce qui s'était passé, mais en deux temps, trois mouve-ments, elle s'était retrouvée les menottes aux poignets, transférée au poste de police.

Elle était terrifiée. Il ne lui était jamais rien arrivé de tel auparavant. Elle n'avait pas une bonne expé-rience des policiers et elle avait peur. Elle les avait priés de lui donner le droit d'appeler Christopher, mais on ne l'avait pas laissée faire. Enfin, voyant qu'elle était à bout, on lui avait dit qu'on allait l'appeler et lui expliquer la situation. Cette réponse ne lui avait pas plu, bien sûr, mais c'était encore le meilleur arrangement qu'ils puissent lui proposer vu sa situation.

Elle sut que quelque chose n'allait pas quand l'agent qui avait accepté d'appeler Christopher revint dans la pièce sans lui.

— Est-ce qu'il va venir ? demanda-t-elle nerveusement.

Il allait venir. Il serait là. Il avait promis de prendre soin d'elle.

— Euh, il arrive, mais d'abord, il doit répondre à quelques questions.

— Vous ne pouvez pas faire ça ! s'exclama-t-elle immédiatement. Il n'a rien à voir avec tout ça. Laissez-le tranquille ! C'est un héros pour son pays ; il revient à peine d'une mission. Vous n'avez pas le droit !

L'agent fut décontenancé par son emportement. Elle savait qu'il ne s'attendait pas à ce qu'elle prenne la défense spontanée et passionnée de Christopher.

— Calmez-vous, Madame. C'est lui qui a voulu échanger quelques mots avec mon chef avant de venir vous parler.

Ses paroles apaisèrent Alabama. D'accord, elle avait compris. Christopher essayait de trouver le meilleur moyen de la faire sortir de là. Il comprendrait que c'était du grand n'importe quoi et il la tirerait de ce mauvais pas. Ils en riraient plus tard dans la soirée.

Quand la porte s'ouvrit une seconde fois, Alabama

leva les yeux et poussa un soupir de soulagement. Enfin.

Elle vit Christopher ouvrir la porte, une main sur la poignée alors qu'il restait près de l'entrée. Elle se redressa nerveusement, puis le regarda et se raidit. Il était en colère. Elle ne savait pas contre qui, ni pourquoi, mais il était évident qu'il contenait difficilement sa fureur.

Alabama fit un pas vers lui.

— Christopher ?

Il détourna les yeux pour regarder l'agent qui se tenait toujours dans la pièce.

— Puis-je avoir un instant ?

— Bien sûr, mais vous connaissez le protocole.

Il désigna la petite caméra dans le coin de la pièce. Manifestement, ils allaient enregistrer la conversation qu'elle aurait avec lui.

Abe hocha la tête, crispé, et s'écarta afin que l'agent puisse sortir de la pièce.

— Dieu merci, tu es là ! s'exclama Alabama, soulagée, en faisant un autre pas en direction de Christopher.

Quelle ne fut pas sa surprise quand il fit un pas de côté, s'éloignant d'elle. Elle s'arrêta net à un mètre de lui. Quoi ? Son cœur se mit à marteler sa poitrine. Que se passait-il ?

— Pourquoi tu as fait ça, Alabama ? demanda Abe d'une voix tendue. Pourquoi tu as volé cette merde ? Tu sais que je t'aurais donné tout ce que tu veux. Tu n'avais aucune raison de le faire.

Alabama en resta estomaquée. Il pensait qu'elle avait fait ce dont on l'accusait ? Elle ne sut pas quoi répondre, mais apparemment, cela n'avait aucune importance pour Christopher, qui poursuivit sa harangue.

— Je t'ai *dit* ce que je pensais des gens qui volent. Tu sais d'où vient mon surnom. On en a parlé. Tu le *savais* et tu l'as quand même fait. C'est comme si tu voulais saboter notre relation exprès. Qu'est-ce que la nuit dernière a représenté, alors ? Un dernier coup ? Tu peux m'expliquer pourquoi tu as sacrifié notre couple ? Hein ? Tu peux me le dire ?

— Sacrifié notre couple ? demanda Alabama, incrédule, d'une voix chevrotante.

Qu'était-il en train de dire ? Elle ne parvenait pas à y voir clair. Si elle avait cru avoir peur avant, à présent, elle était tout bonnement terrifiée. Christopher était censé venir pour l'aider à comprendre ce qui lui arrivait. Il aurait dû la serrer dans ses bras. Durant tout le temps qu'ils avaient passé ensemble, il l'avait toujours protégée contre ce genre de choses. Il n'aurait jamais laissé personne lever la voix sur elle comme il le faisait maintenant. Que s'était-il passé entre le moment où ils s'étaient vus pour la dernière fois, durant l'après-midi, et l'instant présent ?

— Christopher, je...

— *La ferme*, Alabama, je n'ai pas vraiment envie d'entendre tes excuses pour le moment.

Alabama sentit son cœur se flétrir et mourir quand elle l'entendit prononcer ces mots. Elle fit un pas en arrière comme s'il venait de la frapper. Elle avait envie de vomir. Il savait l'effet qu'auraient ses paroles sur elle. Il *savait*. Il avait raison, ils en avaient parlé. Elle lui avait tout dévoilé sur sa mère et les choses qu'elle lui avait dites. Christopher savait qu'en lui disant de la fermer, il lui portait le coup de grâce. Il le savait et il l'avait quand même fait, la détruisant dans le processus.

— Tout ce que je voulais, c'était une relation honnête. J'étais prêt à te donner tout ce que j'avais. Tu aurais pu tout avoir. Je t'aurais tout donné. Ma protection, mon amour, ma famille. Mais au lieu de ça, il a fallu que tu prennes cet argent. J'espère que ça en valait la peine.

Alabama n'avait plus rien à dire. Après tout ce qu'ils avaient traversé... Elle lui avait dit qu'elle l'aimait. Il avait affirmé l'aimer en retour, mais manifestement, c'était une ruse pour coucher avec elle, ou quelque chose dans ce genre-là. Il était tellement disposé à écouter les autres sans même entendre ce qu'elle avait à dire que cela la tuait. Mais qu'il lui dise de la fermer lui avait fendu le cœur.

— Tu avais promis.

Ses mots tourmentés étaient à peine audibles. Elle le regarda droit dans les yeux et répéta :

— Tu avais promis, Christopher.

Ses paroles le firent légèrement flancher, mais elle s'en fichait. Elle en avait terminé. Elle était vide à l'intérieur. Elle s'était dit qu'elle avait enfin trouvé quelqu'un qui serait là pour elle. Qui l'aimerait telle qu'elle était. Qui resterait à ses côtés et l'aiderait à se frayer un chemin dans le monde, qui serait son refuge. *La ferme, Alabama. La ferme, Alabama. La ferme, Alabama.* Ses mots résonnèrent dans son esprit, encore et encore. Chaque fois, ils la blessaient comme si c'était la première fois qu'elle les entendait.

Elle fit demi-tour et s'assit sur la chaise qu'elle avait si joyeusement quittée quand il était entré dans la pièce. Elle la rapprocha calmement de la table, joignit les mains devant sa poitrine et regarda sans le voir le mur de l'autre côté de la pièce. La voix de Christopher devint celle de sa mère. *La ferme. La ferme. La ferme.* Elle grimaça, se remémorant les poings et les pieds de sa mère qui la battait, encore et encore.

Alabama ne parvenait plus à penser. Il fallait simplement qu'elle survive aux cinq minutes suivantes. Puis à celles d'après, et encore après. C'était comme ça qu'elle avait survécu à toutes les fois terribles où Maman l'avait enfermée dans le placard. C'était ainsi qu'elle avait passé la plupart de son existence avant que Christopher ne s'impose dans son cœur. Elle compta ses inspirations. Un. Deux. Trois. Elle devait continuer de respirer.

Elle entendit vaguement Christopher parler, mais elle bloqua sa présence. Rien de ce qu'il disait n'avait plus d'importance. Elle sentait son cœur battre anormalement vite, mais elle resta immobile, sans mot dire.

Enfin, elle entendit la porte se refermer. Elle était seule dans la pièce. Elle était seule, comme elle aurait dû se douter qu'elle le resterait toute sa vie. Elle était seule contre tout le monde. Peu importe ce qu'on pouvait en dire. Peu importe que l'on essaye de la convaincre du contraire. Elle l'avait oublié un moment. Elle avait oublié les leçons que sa mère lui avait enseignées, celles que ce joueur de football au lycée, qui l'avait humiliée voilà si longtemps, lui avait apprises.

Abe claqua la porte du poste de police en quittant le bâtiment. Qu'Alabama aille en enfer. Il s'était réveillé ce matin-là plus heureux qu'il ne l'avait jamais été. Débriefer la mission avait été difficile. Ils avaient dû passer en revue leurs actions et s'assurer que tout se déroule selon le protocole. Pendant la réunion, ils avaient découvert des points négatifs qui auraient pu mieux se passer, et Abe savait que tout était *sa* faute. Il n'était pas concentré à 100 %. Il avait merdé.

Puis il avait reçu un appel de Cookie, qui avait entendu dire par son ex, Michèle, qu'Alabama avait été arrêtée à son travail. Apparemment, Michèle tenait cette histoire sordide de la bouche d'Adélaïde. Cela faisait un petit moment qu'Alabama volait de l'argent aux agents immobiliers. Elle nettoyait leurs bureaux le soir et chipait des choses çà et là. Au début, c'étaient de petites choses, comme des bonbons dans des bols à friandises, des stylos ou autres. Puis de l'argent avait commencé à disparaître. Des bijoux.

On avait retrouvé certains des objets manquants dans son chariot de nettoyage. Il y avait une poche secrète cousue dans le côté du tissu. Elle avait été prise la main dans le sac.

Son Alabama était une voleuse. Son cœur se brisa et il eut la nausée. Comment avait-elle pu faire cela ? *Pourquoi* l'avait-elle fait ? Wolf avait voulu lui parler, mais le téléphone d'Abe avait sonné au même moment. C'était un agent de police. Alabama avait demandé à le voir.

Il s'était rendu directement au poste sans dire à Wolf et à ses autres équipiers ce qui s'était passé. Il était trop en colère, trop honteux que sa copine soit une voleuse.

Il avait parlé au chef dès qu'il était arrivé au poste. Celui-ci lui avait présenté les charges d'accusation contre Alabama et les preuves accumulées contre elle. Ils étaient en train de faire passer des entretiens aux témoins, puis ils interrogeraient Alabama.

Seigneur. L'interroger.

Abe avait vu rouge. Tout ceci était un mensonge.

Sur quoi d'autre avait-elle menti ? Le récit de sa triste enfance était-il véridique ? La *connaissait*-il vraiment ? Il était entré en trombe dans la pièce où elle était détenue pour aller lui parler.

Abe s'assit sur le siège conducteur de sa voiture, la tête sur le volant. Il avait mal au crâne. Qu'est-ce qui venait de se passer ?

Il était fou de rage, un peu plus tôt, en entrant dans cette pièce sans savoir ce qu'il allait lui dire. Chaque fois qu'elle avait ouvert la bouche pour essayer de s'expliquer, il lui avait coupé la parole. Il n'avait pas voulu entendre ses mensonges.

Abe revoyait l'expression d'Alabama quand il lui avait dit de la fermer. Il l'avait vue se recroqueviller sous ses yeux. Un instant, elle essayait de lui dire quelque chose ; l'instant d'après, elle était ailleurs. Un voile était passé sur ses yeux et elle était partie. Elle lui avait dit trois mots, *tu avais promis*, et l'Alabama qu'il avait connue au cours des derniers mois avait disparu. Sans doute ne l'avait-elle pas écouté après cela. Elle était allée s'asseoir à la table et avait refusé de le regarder. C'était forcément une marque de culpabilité ; elle l'ignorait parce que tout ce qu'il avait dit était vrai.

Il se frotta les yeux plusieurs fois, puis passa la main sur sa nuque. Dieu, qu'il était fatigué. Il n'avait pas récupéré son sommeil en retard après sa mission, et la nuit de passion avec Alabama n'avait rien fait pour arranger les choses. Il ne parvenait pas à penser. Il ne voulait penser à rien.

Abe sortit du parking et se dirigea vers la base. Il y songerait demain. Cette nuit, il avait seulement besoin de dormir.

Alabama n'avait pas prononcé un mot depuis le départ de Christopher. Cela ne servait à rien. Elle n'avait rien. Ni personne. Les agents essayèrent de la faire parler, mais elle resta assise froidement en face d'eux, le regard vide. Ils lui avaient montré les preuves qu'ils avaient contre elle, y compris les photos de la poche secrète cousue dans le chariot de nettoyage.

N'obtenant aucune réaction de sa part, ils avaient essayé de l'effrayer afin qu'elle se confesse. Immobile, elle était restée assise comme une statue, sans dire un mot. Enfin, ils n'avaient pas eu d'autre choix que de la déférer à la prison locale.

Alors qu'Abe tombait dans un sommeil agité, dans sa chambre située à la base, Alabama était enregistrée et l'on prenait ses empreintes. Elle dut enfiler le pantalon orange élastique et le haut large réglementaire. On la conduisit sans ménagement au troisième étage de la prison de Riverton, où on l'enferma dans une petite pièce humide qui empestait la transpiration. Sa compagne de cellule avait essayé de lui parler, mais n'obtenant pas de réponse, elle avait haussé les épaules et s'était rallongée sur le matelas.

Alabama était étendue sur le lit superposé de sa cellule. Elle se demandait comment, en quelques heures seulement, la meilleure journée de sa vie était devenue la pire. Une larme solitaire roula le long de sa pommette avant qu'elle ne la rattrape. *La ferme. La ferme. La ferme.* Elle serra fort les paupières et essaya de bloquer ces paroles. Elle compta ses inspirations. Une. Deux. Trois.

CHAPITRE SEIZE

Abe avait eu le temps de réfléchir à ce qui s'était déroulé au cours des journées qui venaient de s'écouler, et il savait qu'il avait commis une erreur, la pire erreur de toute sa vie. Le problème, c'était qu'il ne savait absolument pas comment la réparer. Il n'aurait pas dû ouvrir la bouche. Il aurait dû laisser Alabama lui parler. Même s'il vivait cent ans, il n'oublierait jamais son regard quand il lui avait dit de la fermer. Il savait ce qu'il lui infligeait sur le moment, ce qui faisait doublement de lui un connard. Il savait qu'il avait marqué Alabama quand il avait vu un voile s'abattre devant ses yeux. C'était comme si elle était là, puis avait disparu l'instant d'après.

Il n'avait pas les idées claires lorsqu'il avait quitté le poste. Ce ne fut qu'au bout de deux jours qu'il avait commencé à se demander ce qui arrivait à Alabama. Il se dit qu'elle aurait déjà essayé de l'appeler. À présent qu'il avait pu dormir, ses pensées étaient plus concentrées. Il avait vécu les deux journées précédentes dans une sorte de brume. Cookie l'avait appelé pour lui demander ce qui lui arrivait et Abe lui avait raconté toute l'histoire.

— Alors, quand je suis arrivé au poste, j'étais énervé. Contre moi, mon père, et contre elle. Après tout ce qu'elle a vécu, je ne l'ai pas laissée s'expliquer. Je lui ai coupé la parole et je lui ai dit de la fermer.

Abe entendit Cookie prendre une inspiration et il se défendit rapidement.

— J'ai entendu les paroles de mon père résonner à mes oreilles. Ses excuses. Je ne le pensais pas.

— Tu ne le pensais pas, mais tu l'as dit quand même. Tu ne peux pas revenir sur une déclaration de ce genre. Une fois que c'est dit, c'est dit. Tu le sais, Abe, avait répondu Cookie en lui raccrochant au nez.

C'était deux jours plus tôt, et depuis, Abe n'avait pas eu de nouvelles de l'équipe.

Au fond, il savait qu'Alabama était innocente et qu'Adélaïde était derrière ce qui s'était passé. Il ignorait comment il en avait une telle certitude, mais cela devait être la raison pour laquelle Alabama avait été arrêtée. Adélaïde lui en voulait cruellement d'avoir soi-disant volé son homme. Ce n'était pas vrai, bien sûr, mais on ne pouvait pas raisonner avec une femme jalouse.

Dès qu'Abe réalisa qu'Alabama était innocente, il repensa avec horreur à ce qu'elle subissait. Que lui était-il arrivé quand il l'avait quittée ce soir-là ? Avait-elle été arrêtée ? L'avait-on renvoyée chez elle ? Et s'ils l'avaient mise en prison ? La panique commença à lui tordre le ventre. Cookie avait raison, il était un idiot.

Il essaya de réparer le mal qu'il avait fait en appelant Cookie. Son ami ne répondit pas. Il essaya systématiquement d'appeler ses autres co-équipiers, mais personne ne décrocha. Il appela même la police qui l'informa que Mademoiselle Smith avait été libérée sous caution. Abe avait envie de vomir. Libérée sous caution. Bon sang. Cela signifiait qu'ils l'avaient arrêtée. Il espérait qu'elle avait pu payer son amende le soir même, mais quand il avait demandé la date de son départ, on lui avait dit qu'Alabama avait passé trois nuits et deux jours sous les verrous.

Merde. Merde. C'était sa faute. Il devait arranger la situation.

Tu avais promis.

Ces mots ne le quittaient pas. Ils revenaient en permanence. Il *avait* promis, et au premier problème, il l'avait abandonnée sans demander son reste. Quel héros il faisait... il se sentait mal. Il devait arranger les choses.

Il se dirigea vers l'appartement d'Alabama. Il l'y retrouverait et ils discuteraient. Il refuserait qu'elle le repousse. Il s'excuserait, puis il s'efforcerait de réparer ce qu'il avait brisé entre eux. Il ne s'imaginait pas d'autre scénario. Il l'aimait. Il fallait qu'elle lui pardonne.

Abe se tenait à l'intérieur de l'appartement d'Alabama et il regardait autour de lui, choqué. Tout était vide. Ses affaires avaient disparu. Le canapé était toujours là. Le lit aussi. Mais le petit vase qui se trouvait autrefois sur la table de la cuisine et qui avait accueilli les nombreux bouquets qu'il lui avait apportés avait disparu. La couverture colorée qui recouvrait son lit aussi. Les films qu'ils avaient regardés ensemble et qui étaient empilés contre le meuble télé n'étaient plus là.

Tu avais promis.

Abe se dirigea vers le réfrigérateur et l'ouvrit. Vide. Soudain, avec des mouvements frénétiques, il ouvrit les placards, espérant contre toute attente qu'il trouverait un signe d'Alabama. Il n'y avait rien.

Il s'effondra sur le plan de travail. Bon sang. Où était-elle partie ?

Abe sursauta violemment quand une voix lui parvint par la porte ouverte. C'était la vieille femme à qui il avait adressé des clins d'œil plusieurs fois, lorsqu'il l'avait surprise à les observer derrière sa porte quand Alabama et lui passaient devant.

— Elle n'est pas là, mon garçon, dit-elle d'un ton désapprobateur, se raccrochant à la canne qui lui permettait de rester debout.

— Que voulez-vous dire ?

— Je veux dire qu'elle n'est pas là. Elle est partie. Elle n'est plus là. Le vieux Bob est venu ici pour lui dire qu'elle avait quatre heures pour décamper. Il a dit qu'il ne voulait pas louer son appartement à une voleuse.

Abe pâlit. Merde. Encore un tort dont il était responsable.

— Où est-elle allée ? Le savez-vous ?

— Je n'en ai aucune idée. On a essayé de lui parler, mais elle n'a pas prononcé plus de trois mots depuis qu'on l'a arrêtée. Tous les voisins savent qu'elle n'a pas fait ce dont ces garces l'ont accusée, mais personne d'autre ne semble s'en préoccuper.

Elle jeta un regard noir à Abe.

— En plus, je ne sais pas si j'aurais envie de vous le dire, même si je le savais.

Abe flancha, mais il méritait sa colère.

— Il faut que je la trouve.

— Peu m'importe.

La dame fit volte-face et retourna en boitillant dans le couloir.

Plus déterminé que jamais à retrouver son amour, Abe savait qu'il allait devoir mobiliser l'aide de ses contacts des Forces Spéciales. C'était peut-être immoral, ou même illégal, mais il la retrouverait. C'était forcé. Il avait promis. Tex l'avait déjà aidé à la retrouver une fois, et il le referait.

Tu avais promis.

Il ne parvenait pas à chasser les paroles angoissées d'Alabama de sa tête. Elles le hantaient.

* * *

— Il faut que tu m'aides, Cookie, dit Abe à son camarade sur un ton suppliant.

— Je n'ai pas à t'aider pour quoi que ce soit.

Abe grimaça, conscient qu'il l'avait mérité, ainsi que tout ce que Cookie aurait pu lui dire. Il fit les cent pas devant la table où Caroline, Cookie et Wolf étaient assis, le fusillant du regard. Abe avait appelé Cookie et Wolf et les avait priés de le retrouver. Ils avaient fini par accepter. Caroline aussi était là quand ils étaient arrivés.

Abe savait qu'il méritait l'accueil froid qu'on lui réservait, mais il n'en avait cure. Il aurait fait tout ce qui était en son pouvoir pour la retrouver et réparer ses torts envers Alabama.

Après avoir parlé à Abe et appris ce qu'il s'était passé, Cookie avait immédiatement appelé un avocat et avait payé la caution afin qu'Alabama soit libérée de prison. Il était allé la chercher au poste, consterné par ce qu'il avait découvert.

Il avait trouvé Alabama, mais pas celle qu'il avait appris à aimer en tant qu'amie. Cette femme-là était brisée. Elle n'avait pas adressé plus de quelques mots à Cookie ou Caroline. Elle était restée enfermée sous les verrous pendant deux jours. Cookie ne se représentait pas ce qu'elle avait dû subir. Non, ce n'était pas vrai. Il pouvait parfaitement se l'imaginer, au contraire. La prison n'était pas un endroit agréable, même s'il ne s'agissait que de la prison locale. Il n'imaginait pas cette douce et timide Alabama dans un tel endroit, et pourtant, elle s'y était retrouvée. Pendant trois nuits et deux longues journées. Si Abe avait appelé Cookie plus tôt, il l'en aurait fait sortir avant qu'elle ne soit contrainte de passer autant de temps derrière les barreaux, mais Abe avait attendu plusieurs jours avant de cesser de faire l'autruche.

— On a essayé de la faire rentrer avec nous, lança Caroline à Christopher. Mais elle a simplement secoué la tête, toute triste. Elle n'a même pas voulu qu'on l'accompagne à son appartement. Bon sang, Christopher. Je n'ai jamais vu quelqu'un aussi brisé. J'avais envie de la prendre dans mes bras, mais elle n'a laissé aucun d'entre nous la toucher. Quand nous sommes revenus lui parler l'autre jour, pour essayer de comprendre ce qui s'était passé, elle avait disparu. Toutes ses affaires étaient là, mais pas elle. Une voisine nous a dit que son propriétaire voulait jeter toutes ses affaires puisqu'il l'avait expulsée et qu'elle n'avait rien emporté. Alors, on a tout emballé pour le stocker quelque part. Quel connard.

Plus Caroline parlait, plus le cœur d'Abe se serrait. Wolf enchaîna :

— J'ai appelé mon contact dans la police et j'ai longuement parlé avec lui. Officieusement, bien sûr. Il m'a dit qu'il ne croyait pas qu'Alabama soit coupable. Les « témoins » ont semblé bien trop insistantes et elles savaient précisément où chercher dans ce putain de chariot de nettoyage pour trouver la poche secrète. Il s'est dit que tout était bien trop facile. Il a mené son enquête. En ce moment, il est en train de visionner les bandes de sécurité de l'agence Wolfe pour voir ce qu'il peut trouver. Tu veux parier qu'il va découvrir qu'Adélaïde et sa complice ont falsifié les preuves ?

— Bon sang ! gronda Abe en donnant un coup de poing dans le mur aussi fort qu'il le pouvait.

Il sentit à peine la douleur dans ses jointures. Il se tourna pour s'adosser au mur et se laissa glisser jusqu'à se retrouver assis par terre. Ignorant le sang qui coulait de son poing, il pressa ses mains fermées contre ses yeux.

Caroline coula un regard à Wolf, qui fronçait les sourcils. Elle était toujours très en colère contre Christopher, mais elle ne pouvait pas supporter de le voir souffrir. Elle se dirigea vers lui et s'accroupit.

— Nous la retrouverons, Christopher.

Quand il leva la tête, elle fut stupéfaite de découvrir des larmes dans ses yeux. Elle n'avait jamais vu son mari ni aucun autre SEAL pleurer. Elle ne parvenait pas à s'imaginer la douleur que Christopher ressentait.

— Je l'ai perdue. Je ne la mérite pas. Bon sang, tu ne peux pas savoir.

Caroline s'assit par terre auprès de son ami.

— Nous la retrouverons.

Inspirant profondément, Abe essaya de reprendre le contrôle de lui-même.

— Je la retrouverai. Elle ne voudra plus de moi, mais je m'assurerai qu'elle aille bien. J'ai promis.

Sa voix se brisa et il regarda Caroline. Il se rappela qu'elle était restée étendue, meurtrie, dans un lit d'hôpital. Il se souvint de ce qu'elle avait traversé. Elle était à présent son amie et sa camarade. Angoissé, il répéta dans un murmure :

— J'avais promis, Ice, j'avais *promis*.

Caroline tendit les mains et passa les bras autour du SEAL imposant. Elle ne pouvait rien faire d'autre que de le serrer contre elle alors qu'il sanglotait dans ses bras. Elle ne pouvait plus lui faire de reproche. Christopher s'en voulait bien plus qu'eux. Elle ignorait où se trouvait Alabama, mais elle savait que Christopher ferait tout ce qui était en son pouvoir pour s'assurer qu'elle soit en sécurité, et qu'Adélaïde et sa complice payent.

CHAPITRE DIX-SEPT

Alabama était roulée en boule sur le lit du centre pour sans-abri. Elle n'avait plus un rond. Tout l'argent qu'elle avait économisé depuis des années était dépensé. Elle en avait utilisé une partie pour payer la caution afin de sortir de prison. C'était Hunter qui l'avait réglée dans un premier temps, mais une fois qu'elle avait pu mettre la main sur son propre argent, elle avait vidé son compte épargne et lui en avait donné la majeure partie.

Il n'avait pas voulu l'accepter, mais elle avait refusé de le reprendre. C'était il y a huit jours. Les huit journées les plus longues de sa vie.

Elle n'avait nulle part où aller. Pas de travail. Pas d'argent. Pas de Christopher. *Non*. Elle refusait d'avoir la faiblesse d'y songer. Elle devait penser à ce qu'elle allait faire. Il était temps de quitter la côte ouest. Elle partirait peut-être au Texas... Enfin, quand elle aurait économisé suffisamment pour payer un ticket de bus.

Les seules choses qu'elle possédait tenaient dans une valise. Elle n'avait pas pu prendre son petit vase. Elle n'avait pu emporter aucune de ses affaires qui lui rappelaient des jours meilleurs. Bon sang, elle n'avait pas voulu les prendre sur le moment, mais maintenant... maintenant, elle aurait tué pour avoir l'un de ses oreillers qui conservaient *son* odeur.

C'était plus dur de le laisser filer qu'elle se l'était imaginé. Même si Christopher l'avait frappée en plein cœur, elle l'aimait toujours.

Elle regarda les mille deux cent vingt-trois dollars qu'elle tenait entre les mains. C'était tout l'argent qu'il lui restait, mais elle ne pouvait pas le garder. Elle le plaça dans l'enveloppe posée sur le lit et s'empara du bloc-notes et du papier à côté.

Elle rédigea le mot, mettant toute son amertume dans ses paroles. Il aurait pu en aller autrement, mais elle ne savait pas ce qu'elle avait fait pour que Christopher la largue aussi brutalement. Maman avait raison, toutes ces années auparavant. Alabama n'était pas digne d'être aimée. Si sa propre mère n'avait pas pu le faire, personne d'autre n'en était capable.

Elle acheva le message et le replia avec précaution. Elle avait l'impression que son cœur se brisait à nouveau. Elle le fourra dans l'enveloppe qui contenait l'argent et écrivit dessus : *Pour Christopher Powers, Forces Spéciales de la Marine.*

Elle ne connaissait pas son adresse, mais quand elle rejoindrait l'avocate que Hunter avait engagée pour elle plus tard dans la journée, elle la lui confierait pour qu'elle la lui remette. Une fois que ce serait fait, elle se sentirait mieux.

Elle ne savait pas comment se déroulait l'enquête. Elle savait qu'elle n'avait rien volé, mais elle ignorait si quelqu'un la croirait. Ce serait sa parole – elle, une femme de ménage – contre celle d'Adélaïde, agent immobilier respectée dans la ville. C'était perdu d'avance.

Elle savait qu'elle se serait enfuie plutôt que de retourner en prison. Cela avait été horrible. Oh, elle n'avait pas été battue, violée ni rien de ce genre, mais c'était un endroit sinistre. Elle était surveillée en permanence. Les gardes étaient des hommes et des femmes déprimés qui n'avaient aucune empathie pour les prisonniers. Et les gens qui se trouvaient sous les verrous avec elle étaient tout bonnement effrayants.

Alabama était restée à l'écart de tout le monde, ce qui n'était pas difficile, étant donné que c'était la prison locale. Elle mangeait dans sa cellule et avait essayé de trouver à s'occuper. Sans savoir comment fonctionnait le système judiciaire, elle avait dû se contenter d'attendre.

Elle n'avait jamais été aussi contente de voir Hunter de toute sa vie. Elle avait eu envie de pleurer, mais elle se sentait morte à l'intérieur. Elle n'était personne. Caroline avait essayé de lui parler, mais Alabama l'avait repoussée, elle aussi. Elle ne comprenait pas... pas du tout. C'étaient les amis de Christopher. Elle ne savait pas pourquoi ils l'aidaient. Christopher ne leur avait-il pas rapporté ce qu'elle avait fait ? Elle n'avait posé aucune question. Elle les avait simplement salués d'un hochement de tête quand ils l'avaient déposée à son appartement et elle était rentrée sans un regard en arrière.

Bien entendu, Bob l'attendait avec l'intention de la jeter dehors. Elle savait qu'il jubilait. Il était resté près de la porte, la regardant réunir quelques affaires, et avait exigé sa clé une fois qu'elle eut terminé. Elle n'avait pas regardé en arrière, quittant le bâtiment pour disparaître dans la nuit.

Elle se redressa et saisit la poignée de sa valise. Elle ne pouvait pas la laisser au refuge pendant qu'elle se rendait chez son avocat, sans quoi elle risquait de ne plus jamais la revoir. Un refuge pour sans-abri n'était pas un endroit où l'on pouvait laisser ses affaires si l'on espérait les revoir à son retour. L'enveloppe dans une main et la valise dans l'autre, elle sortit de la pièce afin de retrouver son avocate dans l'espace commun au rez-de-chaussée. D'une façon ou d'une autre, elle espérait que ce cauchemar prendrait bientôt fin.

* * *

Abe baissa les yeux vers le mot et vit que sa main tremblait. Un tremblement puissant. Il avait reçu un appel de son commandant et il était allé le voir en compagnie de Wolf. Abe avait été stupéfait quand on lui avait tendu une enveloppe épaisse livrée par l'avocate d'Alabama. Il avait remercié son commandant et il avait suivi Wolf dans son bureau.

À présent, il était assis à regarder l'enveloppe, sachant qu'il n'allait pas aimer ce qu'il y avait à l'intérieur.

— Tu veux que je l'ouvre ? demanda son ami avec solennité.

Abe secoua la tête et déchira l'autocollant. De l'argent tomba sur ses genoux et à terre. Il leva les yeux vers Wolf, puis regarda à nouveau cette effroyable enveloppe. Il ignora les billets et en tira une feuille de papier toute simple. C'était un mot d'Alabama.

Abe lut ses paroles une première fois, puis une deuxième et une troisième. Il pouvait presque sentir la douleur qui irradiait des mots inscrits sur la page.

Christopher.

Tu trouveras ci-joint 1223 dollars. Je ne sais pas si c'est exactement ce que je te dois, mais c'est à peu près le calcul que j'ai fait. Je ne veux pas que tu penses que j'ai pu te voler quelque chose, alors c'est un remboursement pour tout ce que tu as fait pour moi pendant que nous étions... ensemble. Ces 1223 dollars représentent : trois livraisons de pizzas, quatre boissons alcoolisées, deux dîners, de l'essence pour les fois où tu es venu me chercher au travail et où tu m'as conduite jusqu'à ton appartement ou au mien, 157 dollars pour les fleurs que tu m'as offertes et 400 environ pour les courses quand tu m'as fait à manger. J'ai inclus quelques petits extras pour des choses qui ne t'ont coûté que ton temps, mais le temps, c'est de l'argent, comme on dit. Alors, pour toutes les fois où tu m'as amenée au travail, tenu la porte, tenu la main et autorisée à passer du temps avec tes amis et ta famille, je t'ai remboursé.

Tu penses peut-être que j'ai passé un mauvais moment à me souvenir de chaque petite chose, et tu aurais raison. Je ne m'en souviens que parce que tu es le premier homme qui ait fait ce genre de choses pour moi. Toutes les petites choses que tu as faites sont gravées en moi. J'aurais simplement voulu me rendre compte plus tôt que c'était en contrepartie de services rendus. J'aurais préféré savoir que tu me payais pour coucher avec toi ; j'aurais pu refuser.

Je suis désolée d'avoir mal compris. La faute m'en revient. J'espère t'avoir tout rendu. Je ne voudrais pas qu'on m'accuse de te voler quoi que ce soit.

– Alabama

Abe réalisa qu'il s'était frotté la poitrine pendant qu'il lisait sa lettre. Il savait qu'il aurait dû être en colère contre elle. Le mâle alpha au fond de lui aurait voulu la punir de lui avoir jeté tous ses gestes tendres au visage. En surface, lui renvoyer l'argent paraissait un geste particulièrement mesquin, comme elle l'avait dit, mais il connaissait suffisamment Alabama pour comprendre à quel point il l'avait blessée. Elle essayait simplement de se protéger.

Il se pencha et ramassa les billets, les remettant dans l'enveloppe. Il les rendrait aussi vite qu'il le pourrait. En attendant, il devrait trouver comment aider sa compagne.

— Aide-moi, Wolf. Aide-moi à la retrouver.

— Tu peux compter sur moi, Abe.

CHAPITRE DIX-HUIT

Cela faisait deux jours entiers qu'ils cherchaient Alabama, sans résultat. Étonnant que quelqu'un puisse disparaître de la sorte ! Abe aurait été impressionné s'il ne s'était pas autant inquiété pour elle. Même Tex n'était pas parvenu à dénicher des informations fiables pour aider à la retrouver. C'était comme si elle avait disparu de la surface de la Terre.

L'équipe s'était dispersée dans la ville, prenant chacun une section différente. Ils ne l'avaient pas trouvée, mais ils avaient entendu des rumeurs. La première fois qu'Abe avait entendu quelqu'un parler d'Alabama, il s'était enthousiasmé en se disant qu'ils étaient près du but, mais c'était une fausse alerte.

Ils étaient entrés dans une petite épicerie familiale avec la photo d'Alabama, demandant aux propriétaires s'ils l'avaient vue. Effectivement. Le commerçant lui avait expliqué qu'elle leur avait acheté cinq paquets de ces nouilles bon marché que les étudiants achetaient souvent. Cinq. Le total était d'un dollar et quarante-deux cents. Elle avait compté l'argent dans sa poche. Le vendeur l'avait remarquée parce qu'après avoir effectué son achat, il l'avait vue traverser la rue, s'age-nouiller près d'un des sans-abri du quartier et lui donner l'un des paquets, ainsi que la monnaie qu'elle avait à la main.

Ensuite, ils avaient quitté le magasin pour essayer de localiser ce sans-abri. Ils n'avaient pas retrouvé la personne concernée, mais ils avaient parlé à deux autres femmes SDF qui lui avaient dit avoir rencontré Alabama. Apparemment, elle avait été très gentille et elles l'avaient autorisée à rester en leur compagnie dans la rue pendant une nuit.

Abe perdait la tête. Il avait plus de mille dollars qui lui appartenaient et elle dormait dans la rue et mangeait de foutues nouilles lyophilisées. Il aurait voulu hurler sa frustration. Sa compagne ne devrait pas vivre de la sorte. Elle aurait dû se trouver dans son lit, blottie contre lui. En sécurité. Pourtant, il l'avait mise à la rue. Lui.

Cette nuit-là, après avoir passé un autre jour à la chercher sans résultat, Wolf en eut assez.

— Bon sang, on s'est mieux débrouillés pour

retrouver des terroristes dans des pays du tiers-monde ! Il faut qu'on arrête de perdre du temps. On doit lui tendre un piège.

— Pas question, protesta immédiatement Abe.

Il n'aimait pas l'idée de duper Alabama d'une quelconque façon.

Wolf rétorqua immédiatement :

— Tu veux la retrouver, Abe ? Ou bien tu préfères qu'elle passe un autre jour et une autre nuit dans la rue, à manger Dieu sait quoi et à croiser on ne sait qui ?

Bon Dieu, présenté comme ça, Abe allait faire tout ce que lui proposerait Wolf tant que cela permettrait de la retrouver.

— Que suggères-tu ?

— Elle doit rencontrer son avocate. Alabama lui fait confiance. Il faut qu'on aille lui parler pour lui demander de fixer un rendez-vous. De toute façon, elle a besoin de retrouver Alabama tout de suite. Il faut qu'elle lui fasse signer les papiers qui reconnaissent sa liberté et le fait que toutes les poursuites contre elle ont été levées. On ne sait même pas si Alabama est au courant qu'Adélaïde et Joni ont été arrêtées pour fausses accusations. Ces vidéos de surveillance ont montré qu'Alabama n'a rien volé et qu'Adélaïde et sa complice l'ont piégée dès le début.

— Bonne idée.

— Je ne suis pas certain que tu sois obligé d'être là quand nous la retrouverons, Abe, dit Benny.

— Oh, que si ! s'écria Abe. Il faut que je sois là. Je suis responsable de cette situation et je vais y mettre un terme. J'ai besoin d'elle.

En entendant la note d'angoisse dans la voix de son ami, Benny céda.

— Laisse-nous au moins nous assurer qu'elle ne puisse pas s'enfuir avant que tu aies l'occasion de lui parler.

Abe hocha la tête à contrecœur. Il savait tout aussi bien que les autres que si Alabama l'apercevait en premier, c'était exactement ce qu'elle ferait : elle déguerpirait. Il le méritait, mais il espérait simplement qu'elle lui donne la chance de l'implorer.

— Très bien, organisez-vous. On fait comme ça.

Deux jours s'écoulèrent avant que l'avocate ne parvienne à contacter Alabama, et une journée de plus passa avant que le rendez-vous ne soit fixé. Les SEAL étaient impressionnés par l'avocate. Même si cela ne leur plaisait pas, elle avait réussi à localiser Alabama en moins de quarante-huit heures.

Abe ne voulait pas savoir comment elle avait fait, songeant seulement qu'il serait enfin capable de voir Alabama. Il ne dormait pas bien depuis qu'il avait réalisé qu'il s'était comporté comme un con. Il s'endormait tous les soirs en se demandant si elle allait bien, et il se réveillait tous les matins en se posant la même question. Son commandant commençait à en avoir assez de lui *et* de son équipe. Ils n'avaient pas brillé au travail, et tout le monde savait que, tôt ou tard, tout leur retomberait dessus. Mais Abe s'en fichait éperdument. Alabama passait au premier plan à présent. Avant le travail, avant son pays, avant tout.

Abe faisait les cent pas dans le couloir du refuge pour sans-abris, attendant que Wolf lui donne l'autorisation d'entrer. Alabama était censée retrouver son avocate dans dix minutes. Ils retenaient tous leur souffle en se demandant si elle allait venir.

D'après le plan, l'avocate parlerait en premier à Alabama et lui annoncerait que les accusations avaient été levées. Après quoi, Wolf et Dude entreraient dans la pièce et lui diraient qu'ils étaient là pour lui parler. Une fois qu'elle se serait remise de leur arrivée, Abe ferait son apparition. Ils avaient tout planifié, mais personne ne savait quelle serait sa réaction.

Alabama était fatiguée. Elle était sale, courbatue, affamée et dans un état de terreur constante. Vivre dans les rues était effrayant. Ce n'était pas comme dans les films, où tous les passants que vous rencontrez sont gentils et s'inquiètent pour vous. Il y avait des gens drogués et désespérés qui n'auraient pas hésité à faire n'importe quoi pour obtenir ce qu'ils voulaient. Et ce n'était pas vraiment *Pretty Woman* non plus. Cela faisait deux nuits qu'Alabama avait essayé d'éviter le maquereau du coin. Elle savait que si cela ne tenait qu'à lui, elle se serait retrouvée sur le dos à travailler sous sa direction.

Elle avait passé autant de nuits qu'elle le pouvait au refuge, mais quand elle avait entendu qu'Abe la recherchait, elle s'était enfuie. Elle ne voulait pas qu'il la trouve. Cela lui faisait trop mal. Elle essayait de trouver quoi faire, où aller et comment s'y rendre.

Quand elle avait entendu dire que son avocate souhaitait lui parler, elle avait accepté de la rencontrer ce jour-là. Elle avait hâte de quitter Riverton, mais elle voulait s'assurer qu'elle était libre et qu'elle avait le droit de s'en aller. Elle aurait aimé quitter la ville, pourtant elle savait qu'elle n'irait pas loin si elle était recherchée pour avoir enfreint sa liberté condition-nelle et quitté l'État. Alors, elle était restée.

La dernière fois qu'elle avait parlé à son avocate, celle-ci était convaincue que les charges contre elle seraient bientôt levées. Elle lui avait révélé qu'il y avait une caméra de sécurité dans l'agence. Puis elle lui avait demandé carrément si elle avait dérobé quelque chose. Voyant Alabama secouer résolument la tête, elle avait opiné en disant :

— C'est bien ce que je pensais.

Sur le coup, Alabama s'était dit qu'il était vraiment

triste qu'une avocate blasée l'ait crue sans poser de questions, alors que Christopher, l'homme qui lui avait dit qu'il l'aimait, ne lui avait même pas donné l'occasion de s'expliquer. Elle refusa de laisser son esprit errer dans ce sens. Cette partie de sa vie était terminée. Elle devait passer à autre chose. Bien entendu, c'était plus facile à dire qu'à faire, mais elle devait essayer.

Elle était installée sur une chaise en face du bureau de l'avocate. Elle avait laissé sa valise près de la porte quand elle était entrée. Elle se sentait sale. Bon Dieu, elle *était* sale. Cela faisait plusieurs jours qu'elle n'avait pas pris une douche digne de ce nom et elle avait terriblement besoin de se laver les cheveux. Elle voulait simplement entendre qu'elle était libre de partir, ensuite elle pourrait filer.

— Alabama. J'ai de très bonnes nouvelles, s'enthousiasma son avocate sans la faire attendre. Ces enregistrements de sécurité ont démontré ce que nous pensions. Ce sont Adélaïde et Joni qui ont placé l'argent dans votre chariot et nous avons la vidéo. Je reviens du bureau du procureur et toutes les poursuites contre vous viennent d'être levées.

Elle s'interrompit, comme si elle s'attendait à ce qu'Alabama bondisse de joie.

Mais celle-ci resta immobile. Super. Elle était innocente. Fantastique. Elle était innocente depuis le début. Certes, elle se réjouissait de cette décision, mais c'était uniquement parce que cela signifiait qu'elle était libre de partir. Elle inclina la tête vers son avocate comme pour lui demander : « Vous avez terminé ? »

— Je n'ai pas fini.

Elle avait correctement interprété le geste d'Alabama.

— Vous avez des amis qui vous ont cherchée partout. J'ai accepté qu'ils viennent nous rejoindre aujourd'hui.

À ces paroles, Alabama se redressa d'un bond. *Non* ! Elle ne voulait voir personne. Elle ne pouvait pas.

Pile au moment où l'avocate lui faisait cette annonce, Matthew et Faulkner entrèrent dans la pièce. Ils la balayèrent d'un seul regard. Ils aperçurent la valise amochée près de la porte. Ils remarquèrent son apparence lasse et hagarde. Ils lurent la panique dans ses yeux.

— Assieds-toi, Alabama, dit Wolf d'une voix sévère. On a besoin de te parler.

Mais elle ne voulait pas s'asseoir. Elle voulait partir. Elle fusilla l'avocate du regard. Pourquoi lui avait-elle fait un coup pareil ? Elle avait cru que la professionnelle l'aimait bien. Bon sang.

Faulkner s'approcha d'elle et lui saisit fermement le bras, la ramenant vers le siège qu'elle venait de libérer. Matthew et lui se campèrent à côté d'elle. Faulkner posa un bras sur le dossier tout en gardant l'autre sur son genou. Matthew tourna simplement sa chaise, appuya ses coudes sur ses genoux et se pencha vers elle.

— Tu vas bien ? lui demanda-t-il doucement.

Il aurait voulu toucher cette femme brisée qui se tenait devant lui, mais il savait que ce n'était pas à lui de le faire. C'était la compagne d'Abe. Il devait essayer de réparer ce que son ami avait brisé. Certes, celui-ci ne lui avait pas raconté dans les détails ce qui s'était passé lorsqu'il était allé voir Alabama au poste, mais cela avait manifestement brisé la pauvre femme. Comme elle ne lui répondait pas, Wolf regarda Dude pendant un moment avant de réessayer.

— D'accord, c'est une question bête. Bien sûr, tout n'est pas bien. Mais écoute-moi, d'accord ?

Sans lui donner l'occasion d'accepter ou de refuser, il poursuivit :

— Je connais Abe presque depuis notre entrée dans l'âge adulte. Nous avons passé notre formation ensemble, quand on a appris à devenir des soldats d'élite. Je lui ai sauvé la vie et il a sauvé la mienne. Plusieurs fois. C'est lui qui m'a fait sortir la tête du cul quand j'étais prêt à quitter Caroline. Il m'a fait comprendre que j'étais stupide et que je laissais mes pensées m'éloigner de mon cœur.

Il s'arrêta pour tendre le bras et prendre la main d'Alabama dans la sienne. Il remarqua que le dessous de ses ongles était noir et il grimaça. Bon sang. Ce n'était pas juste.

Chapitre Dix-huit

— Il a merdé, Alabama.

À ces mots, elle leva la tête et regarda Matthew pour la première fois. Elle s'était attendue à ce qu'il l'implore de pardonner à Christopher, qu'il lui dise que c'était un homme extraordinaire, qu'il prenne son parti et lui raconte une histoire à pleurer dans les chaumières sur ce qu'il avait traversé. Elle aurait pu y résister. Mais elle ne s'était pas attendue à ce que Matthew critique son ami aussi ouvertement.

— Oui, je sais. Tu pensais que j'étais venu pour te dire que c'est un gars super et que tu devrais le reprendre. J'avoue : je pense que tu devrais le reprendre, mais je comprendrai entièrement si tu ne le fais pas. Il a commis une énorme erreur, Alabama. Il le sait. Tu le sais. Nous le savons. Mais ce que tu ne sais pas, c'est à quel point il regrette.

Quand Alabama commença à secouer la tête, il lui pressa la main.

— Je sais. Le regret ne change pas ce qui s'est passé entre vous. Ça ne change pas le fait que tu aies perdu ta maison et que tu aies passé trois nuits en prison. Ça ne change pas le fait que tu sois à présent sans abri et sans argent. Cela n'efface pas ce qu'il t'a dit, la douleur que tu ressens. Mais cela *pourrait* changer ton futur. Ce qu'Abe ne te dira jamais, c'est la véritable raison pour laquelle il a reçu ce surnom. Moi, je vais le faire, si tu veux bien écouter...

Alabama n'en avait pas envie. Vraiment pas. Elle

avait envie de détester Christopher. Elle voulait le mépriser, mais elle en était incapable. Elle l'aimait. Toujours. Même après ce qu'il lui avait dit, elle l'aimait toujours. Elle se souvenait de tous les instants qu'ils avaient passés ensemble. Elle se souvenait de toutes les nuits qu'ils avaient passées à s'aimer.

Son cœur battait follement dans sa poitrine. Elle était terrifiée ; Christopher pouvait lui faire du mal. Il lui *avait* fait du mal. Mais s'il existait ne serait-ce qu'un pour cent de chance qu'elle puisse le récupérer, il fallait qu'elle le saisisse. Elle fit signe à Matthew de poursuivre.

— C'est bien. Je suis fier de toi. Tu es la femme la plus courageuse que j'aie jamais rencontrée... à part mon Ice.

Il sourit pour lui faire comprendre qu'il la taquinait, puis il redevint sérieux et poursuivit :

— Quand Abe était petit, il n'a pas vraiment connu son père. Cet homme rentrait, puis repartait durant des mois. Abe ne comprenait pas ce qu'il se passait. Cette absence aurait été troublante pour n'importe quel enfant. Quand il avait onze ans, son père est parti et n'est plus jamais revenu. Sa mère lui a dit qu'il était mort. Cela ne lui a pas réellement fait de peine parce qu'il ne connaissait pas vraiment son père. Ce n'est qu'à l'adolescence qu'il a découvert que sa mère lui avait menti. Elle avait menti pour le protéger, mais ça l'a fondamentalement transformé.

« Son père avait une seconde famille. Oui, il passait la majeure partie de son temps avec cette autre famille et pas avec celle d'Abe. Il revenait à la maison de temps en temps pour sauver les apparences, puis il repartait. Il a été tué lorsque le frère d'une *troisième* femme qu'il avait manipulée, et à qui il avait fait des enfants, a découvert sa double, ou plutôt sa triple vie, et l'a abattu. Abe n'en a pas voulu à sa mère. Ils sont toujours aussi proches, tu le sais. Mais le fait que son père leur ait menti à tous et qu'il ait menti à trois femmes différentes et huit enfants au total, ça lui a fait quelque chose.

« Abe m'a raconté tout ça un soir où il était complètement saoul, tu vois. La trahison de son père a contribué à former l'homme qu'il est aujourd'hui. C'est vrai qu'il n'aime pas que les gens volent, mais ce sont plutôt les mensonges qu'il ne peut pas tolérer. C'est là que je vais essayer de t'expliquer ce qui s'est passé ce jour-là. Comprends bien que je n'excuse absolument pas son comportement. Mais cela pourra peut-être t'aider à comprendre dans quel état il se trouvait. »

Alabama ne savait pas si elle avait envie de l'entendre. Toute cette situation était incroyable. Elle jeta un œil à Faulkner qui, pendant tout ce temps, était resté avec son bras posé sur le dossier de sa chaise. Il lui adressa seulement un signe du menton pour l'encourager. Il avait la mâchoire crispée et semblait contrarié. Elle ne pensait pas que ce soit contre elle, mais le contrôle qui émanait de tous les pores de son corps était intimidant. Elle se retourna vers Matthew.

Il poursuivit :

— Comme tu le sais, nous venons de passer dix jours dans un pays infernal du tiers-monde. Je ne peux pas te révéler ce que nous y avons fait ni pourquoi nous étions là-bas, mais je suis certain que tu peux deviner que ce n'était pas pour faire dans la diplomatie ni tenter de raisonner l'ennemi. Pendant que nous attendions de rentrer, Abe et moi avons discuté. C'était la première mission depuis que vous avez commencé à sortir ensemble. Tu lui manquais et il s'inquiétait pour toi. Ça le rendait fou, parce qu'il n'avait encore jamais ressenti un tel manque pendant une mission. Il a commis des erreurs. Rien qui aurait pu nous faire tuer, mais des erreurs quand même. Ça l'a rongé. On a discuté de la meilleure réaction possible. La même chose m'était arrivée pendant ma première mission alors que je commençais à sortir avec Caroline. Il était content de rentrer, de te retrouver. Nous n'avions pas beaucoup dormi. En vérité, je crois qu'il n'avait pas dormi pendant quarante-huit heures ou quelque chose comme ça. Il est rentré et il est allé directement te retrouver. Je pense que vous n'avez pas beaucoup dormi cette nuit-là non plus, sourit Wolf.

Alabama rougit. Il ne fit aucun commentaire, mais lui pressa la main.

— On venait à peine de débriefer et de discuter

des erreurs qui avaient été commises. Il était à vif. Il a eu l'impression de nous avoir tous déçus. Puis il a reçu de tes nouvelles, il a appris ce qu'on t'accusait d'avoir fait. Il ne fonctionnait plus qu'à l'adrénaline et il avait dormi environ trois heures en trois jours. Il venait d'apprendre le nombre d'erreurs il avait faites parce qu'il avait pensé à toi et pas au travail. Il n'avait pas les idées claires, il avait mal et un peu honte. Il n'a pas pu séparer dans son esprit ce que son père avait fait de ce dont on t'accusait. Je sais que ce qu'il t'a dit est impardonnable, Alabama. On est tous en colère contre lui.

Cela lui fit lever les yeux. Elle était embarrassée que tous les gars soient au courant de ce qui s'était passé, mais soudain, elle se sentait également mal pour Christopher. C'étaient ses amis. Elle était nouvelle dans leur groupe ; ne devraient-ils pas prendre son parti à lui ?

— Peux-tu lui pardonner, Alabama ?

Elle baissa les yeux vers ses genoux. Si tout cela ne lui était pas arrivé, elle lui aurait pardonné sur-le-champ. Mais le mal était fait.

Sans un mot, Faulkner lui pressa l'épaule et quitta la chaise à côté d'elle, sortant de la pièce. Alabama leva la tête et constata que son avocate aussi était partie. Elle inspira profondément et regarda Matthew.

— Je ne sais pas, murmura-t-elle avec honnêteté.

— Essaye, Alabama. Essaye. On ne rencontre le

véritable amour qu'une fois dans sa vie. Cet homme t'aime. Il mourrait pour toi. Crois-moi. Je le sais.

Matthew se redressa, lui prit les mains, les embrassant l'une après l'autre, ignorant la crasse, puis il quitta la pièce.

Alabama resta assise devant le bureau, perdue dans ses pensées. Que devait-elle faire à présent ? Elle n'en avait aucune idée. Elle était une femme libre, mais elle n'avait toujours pas d'argent. Elle tourna les yeux vers le sac qu'elle avait laissé près de la porte et eut un hoquet de surprise.

Christopher était devant la porte fermée et il l'observait en silence. Depuis combien de temps était-il là ? Elle le regarda glisser lentement à terre et finir par s'arrêter, le dos contre la porte, les jambes étirées devant lui. Il ne dit rien, mais il continuait de la regarder avec intensité.

Alabama se redressa sur ses jambes tremblantes, mais elle se déplaça de l'autre côté de la table. Elle n'avait pas peur de lui physiquement, pourtant elle éprouvait le besoin de mettre de la distance entre eux pour se sentir en sécurité.

Ce geste fit grimacer Abe. Il ferma brièvement les yeux avant de les rouvrir.

— Je mérite ta méfiance. C'est vrai. Je le sais. Mais ça me tue de le voir. Même si ça doit me prendre le reste de ma vie, je me rattraperai, je te le jure.

Alabama ne savait pas quoi faire. Une partie d'elle

aurait voulu bondir hors de son siège et se précipiter vers lui. L'autre partie, la fillette de six ans qui avait été enfermée dans un placard, encore et encore, jusqu'à ce qu'elle apprenne à ne plus attendre la moindre gentillesse, la forçait à rester immobile et silencieuse.

Abe soupira. Nom de Dieu. Il n'avait pas voulu songer à ce qu'il lui avait dit ce jour-là dans la salle d'interrogatoire. Elle était à moitié terrifiée et tellement soulagée de le voir, et voilà qu'il avait commis l'impensable. Il lui avait rejeté son amour à la figure comme si cela ne signifiait rien.

— Si ça peut t'intéresser, sache que j'ai pourri Adélaïde.

Comme il n'ajoutait rien, Alabama le considéra en hochant un sourcil.

— Elle ne va pas seulement être poursuivie pour avoir inventé des choses sur toi, mais elle va aussi découvrir bien vite qu'elle n'aurait pas dû s'en prendre à toi.

— Christopher.

La voix d'Alabama était torturée et rauque de n'avoir pas été utilisée. Elle ne lui avait jamais demandé de faire ça pour elle. Et s'il avait des problèmes en conséquence ? Elle ne savait pas ce qu'il avait fait, mais manifestement, il avait les connexions nécessaires pour faire toutes sortes de choses.

— Bon sang, ma belle, s'étrangla Abe.

Il détestait entendre les trémolos dans sa propre

voix. En l'espace de quelques semaines, elle avait cessé de parler librement et n'ouvrait plus du tout la bouche. Et il en était entièrement responsable.

Alabama refoula ses larmes. Ce « ma belle » lui avait manqué, mais elle n'était pas encore prête à lui faire confiance. Elle ne pouvait pas.

— Je voudrais que tu te sentes en sécurité avec moi, Alabama. Je sais que c'est ma faute. Je le sais, mais je déteste ça. J'ai envie que tu te sentes bien. Je ferai tout ce qui est en mon pouvoir pour que tu ressentes à nouveau la sécurité. J'espère devant Dieu être dans ta vie quand ça arrivera, mais si ce n'est pas le cas, je survivrai. C'est plus important pour moi de savoir que tu es en sécurité, heureuse et protégée.

Alabama éclata alors en sanglots.

Abe poursuivit, se forçant à rester assis, à ne pas traverser la pièce en courant pour l'étreindre, essayant d'ignorer ses larmes. Chacune d'elles le torturait.

— Pour ce que ça vaut, je suis désolé. Je me suis comporté comme un con. Je t'ai fait du mal alors que j'aurais dû te faire confiance. C'était inexcusable de ma part de t'avoir dit ce que je t'ai dit. Tu sais de quoi je parle.

Effectivement. Alabama n'était pas prête à lui pardonner, mais ses excuses simples et honnêtes y contribuaient. Elle ne connaissait pas beaucoup de gens qui auraient admis sincèrement qu'ils avaient tort. Sans parler de s'en excuser dans la même phrase.

— Je ferais n'importe quoi, et je pèse mes mots, pour revenir en arrière, mais ce n'est pas possible. Tout ce que je peux faire, c'est avancer et te faire savoir que cela n'arrivera plus jamais. Je sais que tu n'y crois pas à présent, mais je peux t'assurer à cent pour cent que je ne te décevrai plus jamais.

Abe inspira profondément. Il savait qu'Alabama ne viendrait pas se jeter dans ses bras, mais cela lui faisait toujours mal de la voir se réfugier derrière la table à l'autre bout de la pièce.

— Caroline est ici pour t'emmener chez elle. Ils ont pris toutes les affaires qui restaient dans ton appartement le jour où tu t'es fait expulser et ils les ont stockées. Ils sont allés les chercher hier et ils t'ont installée dans leur sous-sol. Tu pourras y rester aussi longtemps que tu le désireras. J'ai parlé à l'une des conseillères de la base et je lui ai raconté quelques petites choses sur toi. Elle aimerait vraiment te parler... si tu le désires. J'ai laissé ses coordonnées à Caroline. Je resterai à l'écart. Tu n'as pas besoin de t'enfuir pour éviter de me parler.

Il prit une autre inspiration et se redressa lentement, saisissant la poignée pour s'empêcher d'aller vers elle.

— Je sais que tu me détestes, ma belle, et je ne peux pas te le reprocher. Mais sache bien que je me déteste encore plus. Tu n'avais pas mérité ça. Tu mérites quelqu'un de bien mieux que moi. Tu mérites quelqu'un qui ne te décevra pas. Mais j'espère vraiment que tu pourras me pardonner un jour.

Abe ouvrit la porte et fit signe à Caroline qu'il avait fini. Wolf l'avait autorisée à l'accompagner et elle avait patienté dans le couloir. Elle passa devant lui, l'ignorant complétement, et se précipita dans la pièce vers son amie.

Wolf patientait au bout du couloir, attendant Abe quand celui-ci sortit de la pièce.

— Alors ?

— Elle m'a écouté.

— Et ?

— Je ne sais pas. C'est à vous de la convaincre de rester. Je suis certain qu'elle veut s'enfuir. Je ne peux pas le lui reprocher. Prends soin d'elle, mon vieux.

— Oh, ne me sors pas ce genre de conneries, Abe. Tu ne peux pas l'abandonner. Tu ne peux pas. Tu ne m'as pas laissé abandonner Caroline ; je ne te laisserai pas abandonner Alabama.

— Ce n'est pas à moi de décider, Wolf, la balle est dans son camp. Ce n'est pas pareil avec toi et Ice. Je ne lui reprocherai pas de ne plus prononcer un seul mot de toute sa vie ; j'ai merdé à ce point. Mais j'espère que Caroline et toi parviendrez à l'atteindre. Emmenez-la chez cette conseillère.

Wolf posa une main sur l'épaule de son ami.

— On fera ce qu'on pourra. Elle se remettra. Elle t'aime.

— Et je l'aime. Plus que je n'ai jamais cru pouvoir aimer quelqu'un. Mais je lui ai fait du mal. Non, je l'ai dévastée. Je ne suis pas certain, si j'étais à sa place, que je me le pardonnerais.

— Elle le fera, Abe. Elle le fera.

— Je l'espère. Je l'espère vraiment.

CHAPITRE DIX-NEUF

Alabama dormit dix-huit heures d'affilée. Caroline l'avait emmenée chez elle, l'avait prise dans ses bras et l'avait laissée seule dans l'appartement du sous-sol. C'était exactement ce dont Alabama avait besoin. Elle devait passer du temps seule afin de digérer tout ce qui s'était passé au cours du mois précédent. Elle avait besoin d'un refuge sûr où elle pourrait se terrer et retrouver son équilibre. Elle avait connu tant d'émotions qu'elle était vidée. Elle avait été terrifiée, déconcertée, blessée, triste, confuse et tout bonnement fatiguée.

Elle prit une longue douche chaude, se récurant la peau, puis, ayant à peine pris le temps de se sécher avant d'enfiler un t-shirt, elle s'écroula sur le lit.

Elle s'était réveillée désorientée et confuse avant de se rappeler où elle se trouvait. Elle avait l'impression d'avoir la bouche en coton et elle savait qu'elle avait une haleine de cheval.

Elle grogna et se laissa rouler hors du lit, se dirigeant en titubant vers la salle de bains. Après une autre bonne douche chaude, elle se sentit revivre. Elle avait oublié qu'elle n'avait aucun vêtement. Tous ceux qu'elle possédait avaient été stockés et avaient besoin d'être lavés, mais quand elle revint dans la pièce, elle aperçut une pile d'habits posés sur une chaise dans un coin. Manifestement, Caroline lui avait rapporté quelques-unes de ses propres affaires.

Alabama enfila un jogging et un simple t-shirt sans mettre de sous-vêtements. Elle se demanda si elle devait monter à l'étage. Caroline lui avait assuré qu'elle était la bienvenue, mais Alabama n'était pas certaine d'être prête à parler... ou pas. Il avait suffi de ces deux petits mots blessants sortis de la bouche de Christopher pour la renvoyer à ce qu'elle avait été avant de le rencontrer : méfiante et mal à l'aise quand elle parlait aux gens. Elle avait réintégré son ancienne habitude de garder la bouche fermée, sauf quand c'était absolument nécessaire.

Elle soupira. Il aurait été malpoli de rester enfermée au sous-sol. En plus, Caroline lui avait sincèrement manqué. Même si elles se connaissaient depuis peu de temps, elle était devenue une amie proche.

Alabama remonta les escaliers, ouvrit la porte du sous-sol et entra dans la cuisine. L'odeur des steaks qui grillaient lui mit l'eau à la bouche. Soudain, elle était affamée.

Elle ne vit personne, mais elle savait que Caroline et Matthew devaient être quelque part. Au lieu d'aller fureter, elle tira une chaise à la table de la cuisine et s'assit.

Peu de temps après, Caroline sortit de l'autre pièce.

— Alabama ! Tu es réveillée !

Celle-ci lui sourit timidement et hocha la tête.

— Je suis vraiment contente que tu sois montée. Tu as faim ?

Une fois encore, Alabama hocha la tête, légèrement plus enthousiaste.

— Alors, Matthew fait griller des steaks. Je te jure qu'il prépare toujours assez de viande pour une équipe de foot. Il y en a plus qu'assez pour toi si tu en veux un. Ça te convient ?

Cette fois, Alabama se força à faire plus que hocher le menton.

— Oui, ça me paraît divin.

Caroline sembla triste un instant, puis elle la rejoignit et s'agenouilla devant elle, lui serrant la taille dans une longue étreinte. Elle enfouit sa tête sur les genoux d'Alabama et s'exprima d'une voix étouffée :

— On était tellement inquiets. Dieu merci, on t'a retrouvée et tu vas bien.

Alabama était sous le choc. Elle ne savait pas que Caroline avait ressenti tout cela. Avant qu'elle ne puisse répondre, celle-ci leva la tête, gardant les bras autour d'elle tout en continuant de parler.

— Ne nous refais plus jamais ça. Si tu as peur, si tu es blessée ou *quoi que ce soit*... tu m'appelles. Je viendrai et on en parle... d'accord ?

Alabama ne comprenait pas.

— Mais je te connais à peine.

— Arrête, on se connaît, Alabama. Je t'apprécie. Tu es mon amie. Et j'aime croire que tu me considères comme ton amie aussi. Imagine. Si je t'appelais pour te dire que je suis en panne d'essence, tu viendrais m'aider ?

— Bien sûr.

Alabama n'eut même pas besoin d'y réfléchir. Caroline s'était montrée plus gentille avec elle que tous ceux qui avaient croisé son chemin dans la vie.

— Tu vois. Nous sommes amies. C'est ce que font les amies pour s'aider.

Alabama avait compris. Pour la première fois, elle comprenait. Elle passa lentement les bras autour de Caroline et lui rendit enfin son étreinte.

Caroline sourit et la serra plus fort, puis elle la lâcha et se redressa, lui tendant la main.

— Viens. On va préparer des légumes pour accompagner la viande de Monsieur Cro-Magnon.

Alabama sourit et se releva pour aider son amie.

Plus tard dans la soirée, elle était assise sur le lit au sous-sol avec Caroline. Après le repas, celle-ci avait annoncé qu'elles feraient une soirée pyjama. Alabama n'était jamais allée dormir chez personne et, étrangement, l'idée lui plaisait.

C'était vraiment bête. Elle avait trente ans, mais elle avait besoin de quelqu'un à qui parler. Elle voulait parler des choses qui lui étaient arrivées. Elle avait besoin d'une autre opinion. Elle n'avait pas confiance en ses propres émotions.

Matthew avait été formidable durant le dîner. Il n'avait pas mentionné Christopher ni abordé de sujet trop sérieux. Il avait discuté et ri avec Caroline, essayant de mettre Alabama aussi à l'aise que possible.

Plus tard dans la soirée, Caroline se changea et descendit les escaliers pour rejoindre Alabama. Celle-ci l'attendait, assise en tailleur sur le lit. Elle aurait pu regarder la télévision, mais elle n'avait pas vraiment envie de prêter attention à quoi que ce soit.

Caroline s'assit sur le lit à côté d'elle et lui sourit.

— Tu as meilleure mine. Le sommeil et la nourriture t'ont fait du bien.

Alabama s'efforça de parler à son amie.

— Je me sens mieux. Merci pour tout. Je suis sincère.

Caroline balaya ses remerciements d'un geste de la main.

— Parle-moi, Alabama. Matthew m'a rapporté ce

qui s'était passé dans les grandes lignes, et j'ai vu à quel point Christopher avait l'air malheureux, mais je veux l'entendre de ta bouche. Que s'est-il passé ?

— Honnêtement, je ne sais pas, Caroline. Je venais de passer l'une des meilleures nuits de ma vie, Christopher était bien rentré de cette mission effrayante, et en un clin d'œil, je me suis retrouvée dans une salle d'interrogatoire, à attendre qu'il vienne me libérer. Mais il ne l'a pas fait. Il m'a laissée là-bas.

Alabama inspira profondément. Elle avait du mal à parler de son enfance, mais ce serait encore plus difficile de raconter à Caroline ce que Christopher avait fait.

— Ma mère me maltraitait quand j'étais petite. Elle m'enfermait dans un placard et refusait de me laisser sortir. Elle me disait tout le temps de la fermer, et si je parlais, elle me battait. Je ne peux plus entendre les mots « la ferme » sans me souvenir des nuits terribles que j'ai passées, recroquevillée au fond d'un placard. Ou bien de la sensation de ses coups.

— Oh, Alabama, fit Caroline d'une voix pleine d'émotion. Je suis tellement désolée.

Il fallait qu'elle raconte le reste avant de perdre son aplomb.

— J'ai cru que Christopher était venu me chercher. Il ne m'a pas laissée m'expliquer. Il s'est juste emporté. Puis quand j'ai essayé une dernière fois de lui parler, il m'a dit de la fermer.

Chapitre Dix-neuf

Ignorant l'inspiration que prenait Caroline, Alabama poursuivit :

— Il a dit la seule chose qui pouvait me briser le cœur à coup sûr, puis il est parti. Il m'a *laissée* là-bas. J'ai passé les trois nuits les plus terrifiantes de ma vie en prison, et crois-moi, ce n'est rien de le dire.

Caroline tendit le bras pour agripper la main de son amie.

— Je connais Christopher depuis un moment maintenant, et même si je ne peux pas m'imaginer ce que tu ressens, ce que tu as *ressenti* en entendant ces mots sortir de sa bouche, il est évident qu'il souffre.

Quand Alabama se raidit, Caroline poursuivit rapidement :

— Je sais, tu souffres également. Je ne suis pas en train de le défendre, mais il t'aime, Alabama. Il t'aime tellement. Il s'est écroulé devant moi et il a pleuré quand il a appris que tu avais passé la nuit en prison. La question est : est-ce que ses mots ont tué l'amour que tu éprouves pour lui ?

Alabama acquiesça immédiatement. Puis elle se ravisa et secoua vigoureusement la tête. Elle laissa tomber son menton dans sa main et marmonna :

— Je ne sais pas.

— Si, tu sais, dit Caroline avec conviction.

— Qu'est-ce qui te fait dire ça ?

— Regarde ce que tu portes, Alabama.

À cet ordre étrange, elle baissa les yeux. Elle ne

s'était pas rendu compte de ce qu'elle avait enfilé. Elle portait l'un des t-shirts de Christopher. Elle l'avait manifestement pris alors qu'elle avait rassemblé le nécessaire dans son appartement avant d'être expulsée. Un des t-shirts de Christopher était plié dans un tiroir et elle l'avait emporté.

Elle se rendit compte qu'elle avait profité de toutes les occasions de le porter. Elle se sentait plus proche de lui quand elle l'avait sur elle. Pendant un moment, il avait même conservé son odeur.

Caroline insista :

— Peux-tu t'imaginer t'en aller aujourd'hui, quitter Riverton pour de bon, t'installer à l'autre bout du pays et ne plus jamais le revoir ?

— Ce serait peut-être pour le mieux. Je ne sais pas si je pourrais un jour lui faire confiance et encore moins lui pardonner.

— Laisse-moi reformuler. Que ressentirais-tu s'il partait en mission et ne revenait pas ? S'il était tué au combat ?

Alabama ne réfléchit pas.

— Ne dis pas ça, Caroline ! Non, ne *dis* pas ce genre de choses ! Tu ne peux pas... il ne va pas...

Les larmes lui montèrent aux yeux.

— Je suis désolée, Alabama. Il fallait que je te fasse *réfléchir*. Il vit sur le fil du rasoir tous les jours. Chaque fois qu'ils quittent la maison, il existe une possibilité qu'ils ne reviennent pas. Tu ne crois pas que je déteste ça, moi aussi ? Je dois vivre avec l'inquiétude chaque fois que Matthew s'en va. Mais j'ai confiance en lui. J'ai confiance en son équipe. J'ai confiance en son amour. Tu dois trouver le moyen de lui pardonner. Tu l'aimes. Laisse cet amour te guider.

— Mais...

— Pas de mais, Alabama. Je peux te garantir que Christopher ne te dira plus jamais, *jamais*, une chose pareille. Et il ne laissera personne te le dire non plus. Il ne laissera personne ne serait-ce que le *penser*. Il a retenu la leçon. Si tu le trouvais protecteur avant, tu n'as encore rien vu.

— Qu'est-ce que tu veux dire ? demanda Alabama.

Son esprit partait dans un million de directions différentes. Elle aimait Christopher. Elle était toujours très blessée par ce qu'il avait fait, mais elle savait que si elle ne le revoyait plus jamais, elle serait dévastée.

— Cet homme a passé la ville au peigne fin pour te retrouver. Chaque fois que quelqu'un lui a suggéré de baisser les bras, il a piqué une crise. Chaque fois que quelqu'un a *suggéré* que tu puisses être coupable, il a piqué une crise. Ton avocate ? C'est peut-être Hunter qui l'a embauchée, mais Christopher l'a harcelée tous les jours pour essayer de trouver des informations pendant qu'ils essayaient de te retrouver. Il s'est assuré qu'elle se concentre sur ton cas et pas autre chose. Je ne sais pas s'il te l'a dit, mais Adélaïde va regretter de t'avoir cherché des noises, c'est moi qui te le dis.

Alabama était ébahie. Elle ignorait qu'il s'était autant inquiété pour elle. Elle pensait qu'il l'avait larguée, qu'il avait rompu une bonne fois pour toutes.

— Il m'a dit qu'elle allait regretter de s'en être prise à moi, mais il ne m'a rien expliqué. Qu'a-t-il fait à Adélaïde ?

— Eh bien, je ne sais pas exactement, mais Matthew m'en a raconté une partie. Ils ont un ami proche en Virginie qui s'appelle Tex. Il connaît beaucoup de gens et il est très doué en informatique. Très doué. Adélaïde est foutue, maintenant. On lui a « volé » son identité. Il a raconté ce qu'elle avait fait à tous ses amis et il est allé parler aux Wolfe. Elle n'a plus de travail et je serais étonnée que ses amis la soutiennent.

— Mais c'est... c'est méchant.

Caroline éclata de rire.

— Alabama, ce n'est pas méchant. C'est ce que cette garce t'a fait à *toi* qui est méchant.

— Mais... Christopher n'est pas comme ça. Il protège les gens. C'est un héros.

— Ma chérie, elle t'a menacée. Elle t'a fait du mal. *Elle* t'a fait ça. Christopher est entraîné à tuer ; il aurait pu faire bien pire, et j'ai l'impression que c'est ce qui se serait passé si Matthew et les autres ne l'avaient pas retenu.

En voyant le choc dans les yeux d'Alabama, Caroline poursuivit d'une voix plus douce :

— Il t'aime. Il t'aime tellement. Il ferait n'importe

quoi pour toi, il te donnerait tout ce que tu veux. Il donnerait sa vie pour te protéger. Il suffit simplement que tu lui pardonnes et que tu le reprennes.

Une larme solitaire coula enfin du coin de l'œil d'Alabama et roula le long de sa joue.

— J'en ai envie, mais...

— Non, pas de *mais*. Réfléchis-y pendant quelques jours. Donne-toi le temps de digérer. Tu es en sécurité ici. Tu peux rester seule pendant aussi longtemps que tu le désires. Tu peux habiter ici aussi longtemps que tu veux. Au fait, j'ai le nom de la conseillère de la base si tu veux lui parler. Quand tu seras prête, dis-le-moi et je m'arrangerai pour que vous vous rencontriez, d'accord ?

— D'accord. Caroline ?

— Oui ?

— Je n'ai jamais eu de meilleure amie avant. En fait, je n'ai même jamais eu d'amie proche. Mais j'aimerais que tu sois mon amie.

— Oh, ma belle... Si tu ne le voulais pas, je t'aurais mis un coup dans le nez.

Les deux femmes rirent ensemble, rompant la tension. Enfin, fatiguées, elles ouvrirent les couvertures et se glissèrent dans le lit. Une fois cette conversation difficile derrière elles, elles gloussèrent et parlèrent de tout et de rien pendant un long moment avant de s'endormir enfin.

CHAPITRE VINGT

Quand Alabama se réveilla, Caroline était partie. Elle ne pouvait pas le lui reprocher. Si Christopher était là, elle aurait probablement grimpé dans son lit aussi. Il fallait vraiment qu'elle réfléchisse. Elle voulait pardonner à Abe – elle l'aimait toujours –, mais elle ne savait pas *comment*.

Elle l'aimait peut-être toujours, mais elle n'était pas certaine de lui faire encore confiance. Il avait trahi sa confiance de la façon la plus brutale qui existe. Il l'avait laissée faire face aux accusations seule, sans parler de son séjour en prison.

Elle soupira. Comme Caroline le lui avait dit la veille, elle voulait y réfléchir pendant quelques jours. Elle n'avait pas vraiment décidé si elle voulait partir ou rester à Riverton, mais elle était quasiment certaine qu'elle allait rester. Elle voulait mieux connaître Caroline, et puis Christopher et son équipe étaient basés dans les parages.

Alabama sortit du lit et prit une douche. Avec amour, elle plia et rangea le t-shirt de Christopher sous son oreiller, pour l'heure où elle serait de nouveau prête à aller dormir. Elle monta à l'étage, espérant y voir Caroline.

Elle n'était pas là quand elle arriva dans la cuisine, mais Matthew s'y trouvait. Il lui expliqua que Caroline devait travailler ce jour-là, qu'elle faisait des progrès avec un nouveau processus chimique. Matthew admit volontiers qu'il n'avait aucune idée de ce que c'était, mais Caroline lui avait demandé de dire à Alabama qu'elle serait rentrée pour le dîner.

— Que se passe-t-il, Alabama ? Je vois que tu réfléchis à quelque chose. Crache le morceau.

— C'est juste que... Je ne comprends pas pourquoi vous me laissez rester ici. Comprends-moi, je suis reconnaissante, j'apprécie vraiment Caroline, mais je ne comprends pas.

— Abe m'a sauvé la vie plus d'une fois. Il a même sauvé la vie de ma compagne. Caroline m'a un peu raconté ce que tu as traversé durant ton enfance et je savais déjà ce qu'Abe t'avait dit. C'était inacceptable et blessant ; on le sait tous, et on est tous vraiment en colère contre lui à cause de ça. Mais tu n'en restes pas moins à lui. Et puisque tu es à lui, par défaut, tu es à moi, à Mozart, à Cookie, à Benny et à Dude. On a juré de se protéger mutuellement, quoi qu'il en coûte, et cela s'étend à nos familles.

— Mais...

— Pas de *mais*, l'interrompit Matthew. C'est à nous de te protéger, et cela signifie te protéger aussi contre des paroles blessantes, peu importe d'où elles proviennent. Jusqu'à ce que tu sois prête à parler à Abe, tu es sous ma protection. Personne ne s'approchera de toi sans mon autorisation. Quand je ne serai pas là, un membre de l'équipe le sera. Nous te donnerons le temps dont tu as besoin pour réfléchir à ce qui s'est passé. Une fois que tu auras fini, si tu décides que tu ne veux pas rester, nous respecterons ta décision. Mais je te préviens qu'on va probablement essayer de te convaincre du contraire.

Alabama se contenta de le regarder. Il n'était certainement pas sérieux.

— Enfin, vous devez travailler.

— Oui, c'est vrai. Mais nous avons organisé un système de roulement approuvé par notre commandant. Où que tu veuilles aller, quoi que tu veuilles faire, tu auras l'un d'entre nous pour t'aider.

Alabama secoua la tête.

— Vous êtes fous.

Wolf sourit.

— Habitue-toi.

* * *

Les quelques journées suivantes semblèrent irréelles à Alabama. Tous les matins, quand elle montait à l'étage, elle trouvait un membre différent de l'équipe de Christopher qui l'attendait. Un matin, Hunter se tenait près de la cuisinière, à retourner des pancakes. Il lui avait demandé calmement ce qu'elle voulait boire. Un autre matin, Kason était attablé et mangeait des donuts disposés dans un gros carton. Le troisième matin, Alabama se dit qu'ils l'avaient enfin laissée seule, mais elle avait trouvé Faulkner assis dans sa voiture à l'extérieur. Quand elle avait quitté la maison pour aller se promener, il en était sorti et l'avait accompagnée.

Matthew avait raison. Ils étaient là, à la protéger, simplement parce qu'ils pensaient qu'elle appartenait à Christopher.

Enfin, une semaine après avoir emménagé au sous-sol de Caroline et de Matthew, elle se trouva enfin prête. Elle avait revisité les faits dans son esprit. Elle ne *pensait* pas être en tort, à part peut-être qu'elle aurait dû parler plus vite et *forcer* Christopher à l'écouter. Mais au fond, elle l'aimait toujours. Elle voulait le voir ; elle voulait entendre ce qu'il avait à dire.

C'était samedi. Caroline lui avait acheté de jolis vêtements la veille, en revenant du travail. Elle s'était excusée de ne pas y avoir songé plus tôt et jura qu'elles passeraient bientôt la journée au centre commercial pour s'assurer qu'Alabama ait tout ce dont elle avait besoin.

Alabama profita des jolis vêtements qu'elle possédait à présent et passa un jean et un débardeur. Il n'était pas vraiment sexy, mais il dévoilait plus que ce à quoi elle était habituée. Elle savait qu'elle stressait à l'idée de revoir Christopher, mais elle ne pouvait pas s'en empêcher.

Quand elle entra dans la cuisine, Caroline et Matthew étaient assis à la table. Caroline était sur ses genoux et ils étaient tellement occupés à s'embrasser qu'ils ne remarquèrent même pas qu'elle était entrée jusqu'à ce qu'elle s'éclaircisse bruyamment la gorge.

Alabama rit en voyant les joues écarlates de Caroline. Elle vit la main de Matthew émerger de sous son t-shirt et lui agripper la taille, mais il refusa de la laisser descendre de ses genoux.

— Bonjour, Alabama, dit-il d'une voix basse et rocailleuse. Tu as bien dormi ?

Elle hocha la tête. Elle ne voulait pas se perdre en banalités ce matin. Elle alla droit au but :

— Je suis prête.

Le couple savait exactement de quoi elle parlait.

— Super ! s'exclama Caroline.

— Dieu merci, fit Matthew avec ferveur.

Il se pencha en avant, Caroline toujours sur ses genoux, et tira son téléphone de sa poche arrière. Alabama le vit passer son pouce dessus pour l'allumer, puis appuyer sur quelques boutons, envoyant manifestement un texto. Quelques secondes après, il posa l'appareil devant lui sur la table et déclara :

— Il sera là dans un instant.

— Quoi ?

Oh, mon Dieu ! Déjà. Alabama avait beau dire qu'elle était prête, à présent que Christopher allait vraiment venir, elle paniquait.

— Oui, il a passé toutes les nuits dans l'allée, dans sa voiture.

Alabama se dit que sa tête allait exploser. Elle se sentait comme un perroquet, à répéter tout ce qu'elle entendait.

— Quoi ? Il a passé toutes les nuits dans l'allée, dans sa voiture ?

Matthew ricana et serra Caroline plus fort contre sa poitrine, posant le menton sur sa tête.

— Oui, il voulait veiller sur toi en personne. On a essayé de lui dire que tu étais en sécurité et que rien ne pourrait t'arriver dans notre sous-sol, mais il a insisté.

— C'est... fou.

— Non, ma belle, dit enfin Caroline, c'est de l'amour.

Alabama n'eut pas le temps de répondre, car la sonnerie de la porte résonna à travers la maison. Elle regarda Matthew et Caroline. Ils n'avaient pas bougé.

— Vous allez répondre ? leur demanda-t-elle.

Matthew rit.

— Nous savons très bien qui c'est, Alabama. Va le libérer de son supplice... et toi du tien.

Alabama inspira profondément et se dirigea lentement vers la porte. Elle avait affirmé être prête, mais à présent, elle n'en était plus tellement sûre.

Elle ouvrit lentement la porte et posa une main sur sa poitrine. La présence de Christopher suffisait à lui rappeler la douleur qu'elle avait ressentie quand il lui avait dit de la fermer, au poste de police.

Abe se tenait devant Alabama, les mains dans les poches. Il était extrêmement nerveux. Il avait vraiment merdé, mais tout ce qu'il désirait, c'était avoir l'occasion de lui parler, de s'excuser.

— Salut.

— Salut.

— Merci d'accepter de me rencontrer.

Alabama se contenta de hocher la tête. Elle se sentait soudain redevenue muette. Elle savait qu'il ne la dénigrerait plus, mais il était toujours difficile pour elle de lui parler comme elle avait l'habitude de le faire autrefois.

— Veux-tu m'accompagner aujourd'hui ? Me fais-tu assez confiance pour veiller sur toi durant la journée ?

Alabama acquiesça automatiquement. Ce n'était pas qu'elle ne lui faisait pas confiance... pas exactement. Bon, d'accord, ce n'était pas entièrement vrai.

Elle savait qu'il la protégerait contre les dangers physiques ; mais c'était pour sa sécurité émotionnelle qu'elle avait peur.

Abe poussa un long soupir, comme s'il avait retenu sa respiration pendant qu'il attendait sa réponse.

— Tu as besoin de prendre quelque chose avant qu'on parte ?

Alabama hocha la tête.

— Je te retrouve à ta voiture ?

Elle ne savait pas pourquoi, mais elle avait besoin de parler à Caroline et à Matthew avant de partir.

— D'accord, ma belle, je t'attends dehors. Prends ton temps.

Il fit un pas en arrière, comme s'il comprenait ses incertitudes.

Alabama referma la porte et retourna dans la cuisine. Ses amis n'avaient pas bougé.

— Je vais sortir.

— C'est bien. Rappelle-toi ce dont on a parlé, Alabama, lui dit Caroline avec sérieux. Donne-lui une chance.

— Est-ce que je peux...

Elle s'interrompit en se mordant la lèvre.

— Quoi, Alabama ? Est-ce que tu peux quoi ? lui demanda Wolf en redressant le dos.

— Est-ce que je peux vous demander de venir me chercher si j'en ai besoin ?

Wolf sentit que Caroline s'apprêtait à répondre et il

lui pinça fort la hanche. Elle garda le silence et il l'écarta lentement pour pouvoir se redresser. Il lui donna un léger baiser, puis se dirigea vers Alabama

Wolf lui tendit les bras, cherchant à voir si elle allait s'écarter. Comme elle n'en faisait rien, il l'étreignit.

— Bien sûr, Alabama. Où que tu te trouves et à n'importe quelle heure, que ce soit aujourd'hui ou dans dix ans. Si tu as besoin de moi, de Caroline ou de n'importe quel membre de l'équipe, tu appelles. On viendra immédiatement. C'est compris ? Tu n'es pas seule. Tu nous as tous à présent. Nous n'allons pas t'abandonner, peu importe comment cette journée se passe. Ça va aller, mais si tu as besoin de nous, on est là. Tu n'as qu'à appeler et nous viendrons. D'accord ?

Alabama hocha la tête. Wolf recula et l'embrassa sur le front.

— Vas-y maintenant. Essaye de profiter de la journée. Aborde toutes les questions sérieuses pour pouvoir à nouveau apprécier la compagnie de ton homme. Fais-le ramper devant toi, mais au final, reprends-le.

Alabama invoqua toute sa force et s'écarta de lui.

— D'accord, merci. Passez une bonne journée, vous deux.

Elle prit son petit sac à main et retourna vers la porte et vers Christopher.

Wolf s'empara de son téléphone et envoya un texto

rapide à Abe avant même qu'Alabama ne soit parvenue à la porte d'entrée.

Celle-ci ouvrit la porte et sortit, voyant Christopher remettre son téléphone dans sa poche arrière avant de se diriger vers elle.

Abe se sentait malade. Il avait lu le texto de Wolf. Bon sang. Elle était rentrée pour demander s'ils pouvaient venir la chercher si elle le leur demandait. Il aurait voulu se botter les fesses. C'est lui qui lui avait infligé ça. Elle ne lui faisait pas confiance et il ne pouvait pas le lui reprocher. Cette journée serait la première étape pour regagner sa confiance. Abe ne savait pas ce qu'il ferait s'il ne la méritait pas, mais il passerait le reste de sa vie à essayer, si seulement elle voulait bien le lui permettre.

— Tu es prête, ma belle ?

Ce petit nom lui était venu machinalement.

Alabama hocha la tête et le laissa ouvrir la portière côté passager de sa voiture. Il l'aida à monter et lui tendit la ceinture de sécurité. Une fois qu'elle fut en place, Abe referma la porte et fit le tour vers le côté conducteur.

Démarrant la voiture, il se tourna et regarda Alabama. Elle était belle. Elle lui avait manqué, mais c'était par sa faute. Il avait fait beaucoup de choses qu'il avait regrettées dans sa vie, mais faire du mal à Alabama était la pire de toutes.

— J'ai pensé aller déjeuner au centre-ville, puis on pourrait aller marcher sur la plage. Est-ce que ça te conviendrait ?

Il ne voulait pas faire quelque chose qui la mettrait mal à l'aise.

— Oui.

Alabama avait répondu dans un souffle, mais au moins, elle avait répondu.

Abe trouva une place libre au centre-ville et ils entrèrent dans un petit café branché près de la mer. Il demanda une table en extérieur, espérant que le grand air aiderait Alabama à se détendre.

Alabama comprit à quel point Christopher essayait de la mettre à l'aise lorsqu'il lui offrit le siège dos au mur. Elle se remémora la conservation qu'ils avaient eue la première fois qu'il l'avait emmenée prendre un café – qu'il préférait être orienté vers la salle en tout temps.

Elle secoua la tête et choisit l'autre siège. Il ne voulait pas l'admettre, mais elle lut le soulagement dans ses yeux. Il n'avait aucune envie de prendre l'autre chaise, mais il l'aurait fait si elle l'avait souhaité.

Ils commandèrent des boissons et des sandwiches et restèrent assis dans un silence embarrassé pendant quelques minutes. Enfin, une fois leurs boissons servies, Abe rompit le silence.

— Je sais que je me suis déjà excusé, mais j'espère

que tu vas me laisser recommencer. Je suis désolé. Seigneur, je suis tellement désolé.

Comme Alabama ne répondait rien, mais le regardait fixement avec des yeux tristes, il poursuivit :

— Je n'ai rien à dire pour ma défense. Je n'avais pas beaucoup dormi, j'ai appris de quoi on t'avait accusée et j'ai immédiatement pensé à mon connard de père. Si seulement j'avais pris la peine de réfléchir pendant une fraction de seconde, j'aurais compris la vérité. Mais je ne l'ai pas fait. Je me suis précipité au poste et je t'ai dit des choses horribles. Je ne le pensais pas.

La voyant incrédule, il jura :

— C'est vrai, ma belle, je te le promets devant Dieu. J'étais perdu et j'avais mal, et c'est toi qui en as subi les conséquences.

Quand il s'arrêta de parler pour la dévisager, Alabama sut qu'elle devait lui faire part de son expérience. Elle garda les yeux baissés vers la table, évitant son regard, pendant qu'elle s'expliquait :

— Je croyais que tu étais là pour m'aider. J'ai eu tellement peur. Je leur ai demandé de t'appeler et j'ai été tellement soulagée quand tu es entré dans la pièce. Puis tu m'as dit... ça... et je n'y ai pas cru. Je n'ai pas compris.

Abe s'étrangla, mais elle ne leva pas la tête.

— Toutes les nuits, quand j'étais dans cette cellule, j'étais absolument terrifiée. Certaines des autres détenues m'ont dit... des choses. Je ne savais pas si j'allais sortir de là ou pas. Je n'ai pas pu manger. Je n'ai pas pu dormir pendant plus de vingt minutes d'affilée. Et durant tout ce temps, tout ce à quoi je pensais et tout ce que je voyais, c'était ton visage, et je n'entendais que tes paroles lorsque tu es entré dans cette salle d'interrogatoire.

Alabama osa lever les yeux vers cet homme qui l'avait tant blessée. Il semblait à l'agonie. Elle poursuivit rapidement, impatiente de vider son sac :

— Je n'ai pas pris de douche pendant que j'étais là-bas, parce que j'avais peur de retirer mes vêtements. Quand Bob m'a crié dessus en me traitant de voleuse, je n'ai pas su quoi faire. J'ai simplement réussi à rassembler quelques affaires avant de partir. Tu m'as fait du mal, Christopher. Non, tu m'as dévastée.

Alabama enchaîna avant que Christopher ne puisse dire quoi que ce soit :

— J'étais prête à partir. Je voulais partir d'ici, loin de toute la douleur que je ressentais.

Elle s'interrompit avant de relever la tête pour regarder Christopher dans les yeux. Elle fut ébahie de voir qu'ils étaient pleins de larmes.

— Puis Caroline m'a posé une seule question et j'ai su qu'il fallait que je te revoie. Il fallait que je te donne une autre chance.

Abe recommença à respirer. Il n'avait jamais autant souffert que durant les quelques minutes qu'il venait de passer à écouter Alabama lui dire ce qu'elle avait subi, ce qu'*il* lui avait fait subir. Dans sa carrière de soldat, on lui avait tiré dessus, on l'avait poignardé, frappé et affamé, mais rien ne lui avait fait aussi mal que ces paroles.

— Que t'a-t-elle demandé, ma belle ? fit-il douce-ment, redoutant sa réponse, mais désirant tout de même l'entendre.

— Elle m'a demandé comment je me sentirais si tu partais en mission et que tu ne revenais jamais.

L'air entre eux crépita. Ils ne détournèrent pas les yeux l'un de l'autre quand le serveur vint leur apporter leur déjeuner, déposant les assiettes sur la table.

Abe attendit qu'elle poursuive.

— C'est là que j'ai su que je t'aimais toujours. Tu m'as fait mal, mais devant Dieu, je t'aime, Christopher.

Abe recula sa chaise et fit un pas en direction d'Alabama. Il s'agenouilla devant elle et posa délicate-ment les mains sur ses genoux. Elle était stupéfaite. Elle ne s'attendait pas à ce qu'il se jette à terre. Elle sentait la chaleur de ses mains traverser son jean et elle s'en abreuva comme une plante laissée dans l'obscu-rité pendant des mois.

— Je ne te mérite pas, Alabama. Dieu sait que c'est vrai, mais je t'aime aussi. Je ne veux pas que tu partes. Je veux te séduire.

Il sourit en entendant son petit rire incrédule, puis il redevint sérieux.

— Oui, ça a l'air bête, mais je veux te montrer que

tu peux me faire confiance. Je veux te montrer combien tu comptes pour moi. Je sais que les soldats des Forces Spéciales n'ont pas souvent des relations qui durent, mais je ferai tout ce qui est en mon pouvoir pour m'assurer que tu passes en premier dans ma vie. Certes, je devrai peut-être partir en mission au pied levé, mais au bout du compte, c'est toi qui passes en premier. J'abandonnerai mon poste ou bien je dirai à mon commandant de me retirer de la mission si besoin est. C'est toi qui comptes pour moi, ma belle. Je passerai le reste de ma vie à regagner ta confiance.

— Je ne suis jamais passée en premier pour quelqu'un auparavant, répondit-elle timidement.

Abe ne s'y attendait pas. Il ne savait pas à quoi il s'attendait, mais pas à cette réponse. Il lui prit une main et y déposa un baiser. Il aurait vraiment voulu la prendre dans ses bras et l'embrasser profondément, mais il savait qu'il ne l'avait pas encore récupérée.

— Tu es la personne la plus importante dans ma vie, Alabama.

Ils se sourirent et Abe se redressa lentement. Il conserva la main d'Alabama dans la sienne et se rassit. Ils mangèrent leur déjeuner, contents de sentir décroître la tension dans l'air.

Après le déjeuner, Abe l'emmena à la plage, comme il l'avait promis. Ils descendirent et remontèrent la plage de sable, riant des frasques des mouettes qui cherchaient constamment à chaparder de la nourriture.

Le retour vers la maison de Caroline et de Wolf se passa dans un silence détendu. Abe voulut tendre le bras pour prendre la main d'Alabama, mais il savait que c'était trop tôt. C'était étrange, puisqu'ils s'aimaient. Tout en se remémorant les moments qu'ils avaient passés ensemble au lit et percevant à présent une nouvelle distance entre eux, Abe était content de ce qu'elle lui donnerait.

À présent qu'il savait qu'Alabama l'aimait toujours, il avait une chance. Il irait aussi lentement qu'elle en aurait besoin. Tout ce qu'il voulait, c'était regagner sa confiance. L'amour était une chose, mais la confiance était le ciment de toute relation.

Il s'arrêta devant la maison de Wolf et éteignit le moteur, puis il se tourna vers elle.

— Je te remercie, ma belle. Je ne te mérite pas. Je sais que je te l'ai déjà dit, mais je te le répète. Je ne te donnerai plus jamais la moindre raison de te méfier de moi. Si tu as besoin de moi, je suis là. Peu importe la raison. Peu importe si on me dit que tu as tué quelqu'un. Je ne douterai jamais de toi et je te donnerai toujours l'opportunité de t'expliquer, quelle que soit la situation. Je ne t'abandonnerai plus jamais. Je sais que tu ne me fais plus confiance, maintenant, mais ça viendra. Je te le jure.

Alabama lui adressa un sourire triste.

— J'espère, Christopher. J'ai besoin de toi. J'ai besoin de ta confiance. Je ne pense pas pouvoir passer le reste de ma vie sans ça.

— Allons, ma belle. Je vais te raccompagner à l'intérieur. Je suis sûr que tu es fatiguée.

Ils allèrent jusqu'au perron et se tinrent devant la porte.

— J'ai l'impression que c'est notre premier rendez-vous, essaya de plaisanter Alabama.

— D'une certaine façon, c'est le cas.

Abe se pencha vers elle et déposa un léger baiser sur ses lèvres. Puis il en déposa un autre sur son nez, puis sur son front, avant de faire un pas en arrière.

Alabama fut incapable de se retenir plus longtemps. Elle leva les yeux vers l'homme qu'elle aimait de tout son être et se colla à lui. Il l'entoura immédiatement de ses bras et la serra contre son corps. Alabama se lova contre lui, lui passant les bras autour de la taille. Ils restèrent ainsi pendant quelques minutes, incapables de se lâcher.

Enfin, Alabama se raidit et recula.

— Je te vois plus tard ?

Abe lui caressa la joue du revers de la main.

— Bien entendu, ma belle.

— Rentre chez toi, Christopher. Tu n'as pas besoin de dormir dans ta voiture. Je vais bien. Je te parle demain, d'accord ?

Il sourit. Elle était tellement mignonne. « Je te parle

demain. » Il ignora sa requête. Il allait dormir devant la maison de Matthew jusqu'à ce qu'elle revienne dans ses bras – et dans son lit – pour de bon. Il avait promis qu'il la ferait passer en premier, qu'il veillerait sur elle et, bon sang, c'était ce qu'il allait faire.

Alabama secoua la tête en le regardant. Elle tendit la main vers la poignée de la porte et la fit tourner. Après lui avoir jeté un dernier regard, elle disparut à l'intérieur.

Abe poussa un soupir de soulagement. Il avait eu tellement peur qu'elle ne veuille pas lui pardonner, qu'elle ne l'aime plus. Il était reconnaissant qu'elle se montre aussi indulgente. Il n'était pas certain qu'il l'aurait fait à sa place, mais il n'allait pas se montrer trop regardant.

Il retourna vers sa voiture, qui serait son lit pour la nuit. Il devait planifier son « opération séduction ». Il avait hâte de commencer.

CHAPITRE VINGT ET UN

Les semaines suivantes s'enchaînèrent rapidement. Fidèle à sa parole, Christopher avait fait de son mieux pour séduire Alabama. Il était venu la voir à la maison au moins deux fois par semaine pour passer du temps avec elle, Caroline et Matthew, et ils avaient aussi passé presque tous leurs week-ends ensemble. Il l'avait même encouragée à passer du temps avec sa mère et ses sœurs. Leur samedi shopping avait été l'un des moments les plus drôles qu'Alabama ait connus.

Sa famille était chamboulée. Les femmes avaient été horrifiées de ce qui lui était arrivé. Alabama appréciait qu'elles ne prennent pas la défense de Christopher pour ce qu'il avait fait ; au contraire, elles l'avaient agoni d'injures. Alicia avait même pris son téléphone pour l'appeler et lui dire qu'il s'était comporté comme un con.

Heureusement, Alabama était parvenue à la calmer. Pendant le déjeuner, elles avaient parlé de tout ce qui lui était arrivé. Quelques insultes avaient continué à fuser, mais il y avait également eu des larmes. Alabama ne s'en était pas rendu compte, mais elle avait besoin de parler avec quelqu'un qui n'était pas directement impliqué.

Les trois femmes Powers avaient compati et l'avaient soutenue. Leur stupeur initiale dissipée, elles avaient également soutenu Christopher. Elles n'avaient rien appris à Alabama qu'elle ne connaisse pas déjà, mais elles lui avaient raconté des histoires sur l'enfance de Christopher. Elle avait une meilleure perception de ce qui avait fait de lui l'homme qu'il était actuellement, et elle comprenait mieux à quel point les actes de son père l'avaient affecté.

Christopher était venu ce soir-là et ils avaient longuement discuté. Elle lui avait tout raconté sur la réaction de sa famille, et même s'il avait fait la grimace, il s'était contenté de lui dire :

— Je suis content que tu aies été capable de leur parler, ma belle.

Alabama avait repris le travail. Elle n'était pas retournée chez les Wolfe, et aucun de ses amis ne le lui avait reproché. Greg et Stacey étaient venus s'excuser et l'avaient priée de revenir, mais elle savait qu'elle n'en aurait pas été capable. Ils l'avaient trahie. Ils avaient cru Adélaïde et Joni au lieu d'elle, sans lui poser la moindre question.

Le commandant de Christopher lui avait donné une référence et avait fait jouer ses contacts pour lui obtenir un poste d'agent d'entretien dans un immeuble de bureaux qui abritait plusieurs sociétés. Le point positif de ce travail, c'était qu'elle n'avait plus besoin de travailler durant la soirée. Même si elle préférait faire le ménage quand personne n'était là, on la laissait travailler tranquillement.

Elle avait été gênée d'en parler à Christopher ; après tout, elle n'était qu'une agente d'entretien, mais quand il l'avait appris, il avait été ravi pour elle. Il lui avait dit qu'il n'y avait aucune honte à faire ce travail. Elle était toujours légèrement embarrassée. Il avait un travail tellement extraordinaire, en comparaison. Alors, elle avait changé de sujet quand il avait essayé de lui en reparler.

La vie d'Alabama retrouvait une routine. Elle avait des amis proches pour la première fois de sa vie et elle aimait passer du temps avec Christopher et ses co-équipiers. Elle en était arrivée au point où elle était prête à reprendre là où ils s'étaient arrêtés, mais elle ne savait pas comment y parvenir. Elle ne pouvait pas lui lancer : « Tiens, j'ai envie de recommencer à coucher avec toi. »

Abe attendait devant la maison de Christopher. Il s'était vraiment acharné afin qu'Alabama lui refasse confiance. Il avait l'impression qu'il faisait des progrès, mais il ne voulait pas la bousculer.

Elle ouvrit la porte et il eut le souffle coupé. Bon sang, elle était tellement belle. Elle ne portait rien d'ouvertement sexy. D'ailleurs, il savait qu'elle serait probablement embarrassée s'il lui disait à quel point elle était séduisante.

Elle portait un short qui lui descendait jusqu'aux genoux, et son habituel t-shirt en V – qui était rose, ce jour-là – avec une paire de tongs ornées d'une grosse fleur assortie. Ses ongles de pieds étaient vernis en rose clair. Manifestement, elle aimait cette couleur et elle avait fait un effort pour accessoiriser sa tenue pendant sa virée shopping avec ses sœurs et sa mère.

— Salut, ma belle, tu es superbe.

Elle rougit instantanément.

Sans mot dire, elle lui tint la porte ouverte pour qu'il entre dans la maison. Abe ne l'avait jamais entendue parler autant en une seule fois que lors de leur déjeuner, quand elle lui avait expliqué comment ses actions l'avaient affectée. Elle n'avait jamais été à son aise à devoir parler en public ou devant des groupes, mais Abe savait qu'elle se détendait de plus en plus quand elle lui parlait ou s'adressait à d'autres en sa présence.

Il se pencha. Quand il fut assez proche, il l'embrassa sur le coin de la bouche. Il lui prit la porte des mains et la referma.

— Où sont Wolf et Caroline ?

Abe savait qu'ils ne seraient pas là. Wolf l'avait prévenu plus tôt, au travail.

— Ils sont partis dîner, puis ils vont voir un film après.

Abe posa la main au creux de son dos et la dirigea vers la cuisine.

— Alors, c'est juste toi et moi ce soir ?

Alabama rougit à nouveau. Seigneur, il fallait qu'elle arrête. Ce n'était pas comme s'il avait annoncé qu'il allait la jeter sur le canapé et lui faire l'amour toute la nuit... Ce dont elle ne se serait pas plainte. Ils avaient déjà exploré et goûté le moindre centimètre carré de leurs corps ; cela n'aurait pas dû être embarrassant de songer à faire l'amour avec lui. Elle hocha simplement la tête, confirmant qu'ils resteraient seuls la majeure partie de la soirée.

En entrant dans la cuisine, Abe vit qu'une casserole d'eau bouillait sur la cuisinière. Cela le fit rire.

— Qu'est-ce que tu me prépares, ce soir ?

C'était devenu une plaisanterie entre eux. Alabama ne serait jamais un cordon bleu, mais elle savait préparer un sacré bon plat de pâtes.

— Juste des spaghettis.

— Ah, ma belle, ce ne sont jamais « juste des spaghettis ». J'aime tes spaghettis.

Alabama leva les yeux au ciel. Il rit et passa les bras autour de sa taille pendant qu'elle remuait les pâtes.

— Tu sais quoi ? Peu importe ce que tu nous prépares à manger. Je suis simplement heureux de passer du temps avec toi. Quoi que tu prépares, je le mangerai de bon cœur.

Alabama lui adressa un sourire peu convaincu. Elle savait qu'elle n'était pas une très bonne cuisinière, mais si elle avait réussi à se nourrir jusque-là, ils n'allaient pas mourir de faim.

Ils discutèrent pendant que la sauce bouillonnait sur la cuisinière, puis ils émincèrent des légumes pour la salade. Une fois les pâtes cuites, il les égoutta pendant qu'Alabama sortait l'assaisonnement du réfrigérateur. Ils se servirent et posèrent leurs assiettes sur la petite table de la cuisine. Ils mangèrent ce repas simple, mais délicieux, dans un silence confortable.

Après avoir placé les assiettes dans le lave-vaisselle, ils s'installèrent sur le sofa. Alabama aurait voulu emmener Christopher en bas dans son petit appartement, mais elle ne savait pas comment aborder le sujet, alors elle ne dit rien.

Abe mit un film qu'ils regardèrent pendant une heure. Au moment où Bruce Willis s'apprêtait à faire tout exploser, on sonna à la porte. Étonnée, Alabama regarda Christopher.

Comprenant qu'elle n'attendait personne, il lui dit :
— Reste-là, ma belle. Je vais voir qui c'est.

Abe ouvrit la porte d'entrée pour découvrir deux policiers. Ils étaient légèrement ventripotents et avaient les mains à la ceinture comme s'ils s'apprêtaient à se défendre. Abe n'avait pas vu qu'Alabama était venue se positionner derrière lui, mais il entendit son inspiration.

— Oh, mon Dieu, souffla-t-elle. C'est Matthew et Caroline ? Est-ce qu'ils vont bien ?

Abe avait pensé la même chose, mais le policier aux cheveux bruns les rassura tout de suite.

— Non, non, rien de ce genre. Êtes-vous Alabama Ford Smith ?

Il la regardait d'un air soupçonneux.

Abe passa la main autour de la taille d'Alabama et l'attira contre lui, la protégeant partiellement de son corps quand elle dit simplement, d'un ton prudent :

— Oui.

— Il faut que vous veniez avec nous, Madame. Il y a des questions que nous aimerions vous poser au poste.

Abe sentit Alabama se figer. La tension parcourut son corps tout entier. Oh, bon sang, non !

— À quel propos ? demanda-t-il d'un ton brusque.

— Apparemment, il s'est produit un cambriolage dans le bâtiment à l'angle de la rue principale et de la troisième rue. Nous avons reçu l'information que Mademoiselle Smith y travaille et qu'elle a déjà été arrêtée pour vol. Nous avons simplement quelques questions à lui poser.

Chapitre Vingt et un

— Certainement pas.

La réponse fut rapide, sous-tendue d'une menace.

Alabama leva les yeux vers Christopher. Elle ne parvenait pas à contrôler sa respiration. Elle respirait fort et rapidement. Ça recommençait. Oh, mon Dieu...

— Vous ne savez pas de quoi vous parlez. Si vous aviez lu ces rapports un peu plus attentivement, vous auriez vu qu'on l'a accusée à tort et qu'elle a l'une des meilleures avocates de la ville.

— Monsieur, on veut simplement lui poser quelques questions.

Visiblement, le plus petit des deux agents commençait à s'emporter.

— Ce n'est pas elle.

— Vous ne savez pas de quoi il s'agit...

Abe l'interrompit.

— Non, parce que vous avez tort. Ce n'est pas elle. Elle n'a rien volé.

Alabama garda les yeux braqués sur le visage de Christopher. Elle ne parvenait pas à regarder les officiers. Elle tremblait déjà suffisamment – elle ne voulait pas voir leurs uniformes, cela lui aurait rappelé trop de souvenirs. Entendre Christopher la défendre contre... eh bien, elle ne savait pas contre quoi il la défendait, mais c'était comme si on venait de l'entourer d'une couverture toute chaude à peine sortie du sèche-linge. Christopher prenait sa défense. Il était en colère pour elle. C'était ce qu'elle avait espéré voilà plusieurs semaines. *C'était* l'homme de qui elle était tombée amoureuse.

— Vous voulez lui poser des questions ? Très bien, nous viendrons demain matin avec son avocate. Et si vous n'avez aucune raison véritable de l'interroger, vous regretterez de nous avoir dérangés.

— On ne peut pas simplement...

Abe refusait de les laisser terminer une phrase.

— Vous *pouvez* et vous le ferez. Est-elle en état d'arrestation ?

Recevant une réponse négative, il poursuivit :

— Alors, nous vous verrons demain au poste.

Abe claqua la porte au nez des deux agents et serra Alabama contre lui. Il la fit pivoter jusqu'à ce que leurs ventres se touchent. Il sentait qu'elle tremblait. Cela le rendait furieux. Comment osaient-ils venir ici et lui faire peur ? Comment *osaient*-ils présumer qu'elle avait quelque chose à voir avec ce qui avait disparu ? Abe était énervé, mais il essaya de rester calme. Il avait besoin de rester calme pour Alabama.

La chaleur du corps de Christopher était tellement agréable. Il avait passé les bras autour d'elle ; l'un autour de sa taille pour la serrer contre lui et l'autre en travers de son dos. Il avait placé sa main derrière sa tête, la pressant contre sa poitrine. Sans bouger, elle marmonna :

— Tu as le droit de faire ça ?

— Bien sûr. Et je l'ai pris. Ils n'avaient aucune

preuve. Ils n'avaient aucune raison de se présenter ici aussi tard. Ils voulaient simplement te faire peur. Connards.

Ils restèrent debout pendant encore quelques minutes, puis Abe dit quelque chose, les dents serrées. Il n'était pas précisément calme.

— Je vais appeler Wolf et le reste de l'équipe, ma belle. Donne-moi le temps de les informer de ce qui s'est passé ; ils s'en occuperont et demanderont à ton avocate de nous retrouver au poste demain.

— Tu ne les as pas laissés m'emmener.

— Quoi, ma belle ? Je n'ai pas entendu.

Abe pencha la tête jusqu'à ce que son oreille se retrouve près de sa bouche.

— Tu ne les as pas laissés m'emmener, répéta Alabama.

Abe retira la main de sa tête pour la placer sous son menton. Il l'inclina jusqu'à ce qu'elle n'ait pas d'autre choix que de le regarder dans les yeux.

— Je t'ai dit que je ne douterais plus jamais de toi. Je t'aime. Je donnerais ma vie pour te protéger si c'était nécessaire. Tu n'auras plus *jamais* à te débrouiller toute seule pour quoi que ce soit.

Alabama en eut le souffle coupé. Il le lui avait dit, certes, mais elle ne l'avait pas cru jusqu'alors. Elle ne put que hocher la tête. Elle se hissa sur la pointe des pieds pour effleurer ses lèvres des siennes.

Au premier contact, Abe prit l'offensive. Ce baiser

n'était ni tendre ni doux. C'était une conquête. Abe reconquérait cette femme. Elle était à lui et il n'allait pas la laisser filer.

Alabama laissa Christopher prendre l'initiative. Elle l'aurait suivi partout où il voulait l'emmener. Elle était à lui.

Alabama se blottit contre Christopher. La nuit avait été longue. Il ne l'avait pas lâchée de toute la soirée. Il l'avait gardée contre lui, la caressant, la réconfortant, l'apaisant. Après le baiser intense qu'ils avaient échangé, il avait appelé Matthew. Caroline et lui étaient revenus à la hâte et avaient monté une sorte de poste de commande sur la table de la salle à manger.

Très vite, la maison avait débordé de testostérone. Toute l'équipe s'était réunie. C'était la démonstration de soutien la plus extraordinaire qu'Alabama ait vue de toute sa vie. Personnellement, elle trouvait cela un peu exagéré, notamment puisqu'elle avait passé la journée avec Matthew et Caroline et n'était même pas restée seule. Elle avait un alibi en béton, mais elle ne dit rien aux hommes qui discutaient de leur plan d'action.

Christopher avait appelé son avocate, qui avait accepté de les retrouver au poste de police dans la matinée. Elle allait appeler et voir ce qui s'était passé avant de les retrouver, pour mieux se représenter la situation.

Tous les hommes l'avaient assurée de leur soutien avant de partir. Quand Hunter l'avait serrée dans ses bras en lui disant que, si jamais elle voulait quitter Abe, il serait là pour lui mettre le grappin dessus, elle perdit ses moyens.

En voyant ses larmes, Abe avait failli péter un câble. Cependant, en comprenant que c'étaient des larmes de joie devant le soutien que ses amis lui témoignaient, il avait fini par se calmer.

À présent, ils étaient étendus sur son lit au sous-sol. Il portait un jean et son polo et elle avait enfilé le t-shirt qui lui appartenait, dans lequel elle avait dormi au cours des dernières semaines. Il n'avait fait aucun commentaire et s'était contenté de lui adresser un sourire possessif en la voyant. Il était allongé sur le dos, un bras autour d'elle, et elle était sur le côté. Elle avait la tête posée sur sa poitrine et l'une de ses jambes était jetée sur l'une des siennes. Elle était entourée par son corps tout entier, et ça lui plaisait.

— Je t'aime.

Le bras de Christopher se serra autour d'elle. Alabama sentit les muscles de son biceps se contracter derrière son dos. C'était la première fois qu'elle le lui disait directement depuis le jour de son arrestation.

— Ma belle, fit-il d'une voix tourmentée. Je ne te

mérite pas. Tu es vraiment trop bien pour moi, mais je ne peux pas te laisser partir. Je ne le ferai pas.

— Tu n'as pas à le faire, Christopher. Je serai à toi tant que tu voudras de moi.

Il roula vers elle jusqu'à ce qu'elle se retrouve sur le dos, la regardant dans les yeux. Ils étaient intenses.

— Je voudrai toujours de toi. Tu es à moi.

Il pencha la tête et, pour la deuxième fois de la soirée, il l'embrassa avec toute la domination qu'il avait contenue au cours des dernières semaines.

Alabama leva les mains vers sa tête et lui empoigna les cheveux tandis qu'il ravageait sa bouche. Enfin, il se recula, juste assez pour pouvoir la regarder dans les yeux.

— Ne t'inquiète pas pour demain, ma belle. Fais-moi confiance, je m'en occuperai, je m'occuperai de toi.

Alabama n'arrivait pas à croire qu'il s'était arrêté. Elle était prête à ce qu'il lui refasse l'amour.

— Je sais bien que oui... Maintenant, tais-toi et embrasse-moi.

Elle adorait le sourire qui lui monta aux lèvres.

— Tout ce que tu veux. Tout ce que tu veux.

ÉPILOGUE

Caroline et Alabama étaient assises sur le canapé, essayant de prêter attention au film. Ni l'une ni l'autre n'y parvenaient vraiment. Caroline finit par éteindre la télévision.

— Quand sont-ils censés atterrir déjà ?

Alabama avait vraiment envie de revoir Christopher.

L'équipe avait été envoyée en mission au Mexique. Ils n'avaient pas pu leur dire où ils allaient exactement, ni ce qu'ils y feraient, mais Caroline et Alabama savaient toutes les deux que, dans tous les cas, c'était dangereux.

Alabama avait de moins en moins de mal à accepter les missions, mais elle savait que ce ne serait jamais *facile*. Chaque fois que Christopher quittait la maison, que ce soit pour une mission ou pour de simples courses à la supérette, elle s'inquiétait.

Il lui avait témoigné un soutien indéfectible. Les agents de police s'étaient même excusés d'être venus la déranger ce soir-là. Alabama savait que Christopher était derrière tout cela, mais il ne l'avait jamais admis.

Elle avait démissionné de son travail de femme de ménage, avec les encouragements et le soutien de Christopher, et avait décidé de reprendre ses études. Elle ne savait pas ce qu'elle voulait faire exactement, mais pour le moment, elle suivait des cours d'enseignement général. Elle aurait le temps de décider plus tard. Elle n'avait jamais envisagé de cesser de travailler, mais Christopher l'avait convaincue après une longue nuit au lit qu'il vaudrait mieux qu'elle se concentre exclusivement sur ses études.

Elle s'était rapprochée de ses amis et de ses coéquipiers, et elle était presque aussi inquiète pour eux que pour Christopher. Presque.

Caroline la regarda faire les cent pas. Matthew lui manquait tout autant que Christopher manquait à Alabama, mais elle était avec lui depuis plus longtemps, alors elle connaissait mieux la souffrance insoutenable de l'attente.

— Ils seront là dès qu'ils le pourront, Alabama.

— Je sais, c'est simplement qu'il me manque.

Finalement, au bout d'une heure encore, les femmes entendirent une camionnette dans l'allée.

Elles se précipitèrent toutes les deux vers la porte et sortirent dans le jardin.

Alabama n'avait d'yeux que pour Christopher. Il la retrouva devant le fourgon et la serra contre lui dans une étreinte féroce et possessive. Comme d'habitude, elle fondit en larmes.

— Allons, ma belle. Je vais bien. Wolf va bien. Tout le monde va bien.

— Je sais, dit Alabama entre deux reniflements. Je suis tellement contente que tu sois rentré. Tu m'as manqué !

Christopher la prit dans ses bras, la portant jusqu'au perron. Chaque fois qu'ils rentraient d'une mission, Matthew les invitait à rester dans son ancienne chambre au sous-sol. Ils avaient toujours accepté, parce que le trajet jusqu'à leur maison au centre-ville leur paraissait toujours trop long.

— Tu m'as manqué aussi, ma belle.

Alabama huma l'odeur de Christopher alors qu'il la portait à l'intérieur. Elle ne regarda même pas Caroline et Matthew ; elle savait qu'ils faisaient la même chose qu'elle.

Tandis que Christopher la portait jusqu'au bas des escaliers du sous-sol, elle demanda rapidement, consciente que si elle ne le faisait pas, elle serait trop occupée pour lui poser la question au cours des heures qui allaient venir :

— Tout le monde va bien ?

Abe appréciait qu'elle se préoccupe toujours de ses co-équipiers. Ils étaient comme des frères pour lui et le fait qu'elle pose toujours la question témoignait de sa gentillesse.

— Oui, tout le monde va bien. On a sauvé les filles ; elles vont s'en tirer.

— Les filles ?

— Eh bien, les femmes. Je ne suis pas censé en parler, mais en gros, une femme a été kidnappée il y a quelques jours. Nous y sommes allés et nous l'avons retrouvée facilement, mais il y avait une autre femme aussi... ça faisait deux mois qu'elle était là. Cookie est resté au Texas avec Benny et Dude pour l'aider à... reprendre ses marques.

— Comme je t'aime, Christopher. Tu le sais, n'est-ce pas ?

— Je le sais, ma belle. Et je t'aime aussi.

— Je suis fière de ton travail. Ces femmes ont vraiment de la chance que ton équipe et toi fassiez ce que vous faites.

— Ce sont des missions de ce genre qui rendent notre travail plus facile. Même si c'était difficile, c'est toujours agréable d'être capable de sauver des gens.

Abe s'arrêta de parler. Alabama avait manifestement fini de débriefer sa mission. Elle était en train de déboutonner sa chemise et d'embrasser la moindre parcelle de son torse tout en le dénudant. Il sourit discrètement ; il la laisserait s'amuser un peu. Il savait que son tour viendrait bientôt.

Puis il contacterait Cookie pour voir comment se portait cette femme... Plus tard. Bien plus tard.

*

Ne ratez pas le prochain tome de la série Forces Très Spéciales: Un Protecteur Pour Fiona

DU MÊME AUTEUR

Autres livres de Susan Stoker

Forces Très Spéciales Series

Un Protecteur Pour Caroline

Un Protecteur Pour Alabama

Un Protecteur Pour Fiona

Un Mari Pour Caroline

Un Protecteur Pour Summer

Un Protecteur Pour Cheyenne

Un Protecteur Pour Jessyka

Un Protecteur Pour Julie

Un Protecteur Pour Melody

Un Protecteur pour l'avenir

Un Protecteur Pour Les Enfants de Alabama

Un Protecteur Pour Kiera

Un Protecteur Pour Dakota

Forces Très Spéciales : L'Héritage

Un Sanctuaire pour Caite

Un Sanctuaire pour Brenae

Un Sanctuaire pour Sidney

Un Sanctuaire pour Piper

Un Sanctuaire pour Zoey

Un Sanctuaire pour Avery

Un Sanctuaire pour Kalee

Hawaï : Soldats d'élite

Un paradis pour Élodie

Un paradis pour Lexie (10 Aug 2021)

Un paradis pour Kenna (Oct 2021)

Un paradis pour Monica

Un paradis pour Carly

Un paradis pour Ashlyn

Un paradis pour Jodelle

Delta Force Heroes Series

Un héros pour Rayne

Un héros pour Emily

Un héros pour Harley

Un mari pour Emily

Un héros pour Kassie

Un héros pour Bryn

Un héros pour Casey

Un héros pour Wendy

Un héros pour Mary

Un héros pour Macie

Un héros pour Sadie

Un héros pour Annie (Feb 2022)

Mercenaires Rebelles

Un Défenseur pour Allye

Un Défenseur pour Chloé

Un Défenseur pour Morgan

Un Défenseur pour Harlow

Un Défenseur pour Everly

Un Défenseur pour Zara

Un Défenseur pour Raven

Ace Sécurité

Au Secours de Grace

Au Secours d'Alexis

Au Secours de Bailey

Au Secours de Felicity

Au Secours de Sarah

En Anglai

Delta Force Heroes Series

Rescuing Rayne

Rescuing Emily

Rescuing Harley

Marrying Emily (novella)

Rescuing Kassie

Rescuing Bryn

Rescuing Casey

Rescuing Sadie (novella)

Rescuing Wendy

Rescuing Mary

Rescuing Macie (novella)

Rescuing Annie (Feb 2022)

Delta Team Two Series

Shielding Gillian

Shielding Kinley

Shielding Aspen

Shielding Jayme

Shielding Riley

Shielding Devyn

Shielding Ember (Sep 2021)

Shielding Sierra (Jan 2022)

SEAL of Protection: Legacy Series

Mountain Mercenaries Series

Defending Allye

Defending Chloe

Defending Morgan

Defending Harlow

Defending Everly

Defending Zara

Defending Raven

Silverstone Series

Trusting Skylar

Trusting Taylor

Trusting Molly (July 2021)

Trusting Cassidy (Nov 2021)

SEAL of Protection Series

Protecting Caroline

Protecting Alabama

Protecting Fiona

Marrying Caroline (novella)

Protecting Summer

Protecting Cheyenne

Protecting Jessyka

Protecting Julie (novella)

À PROPOS DE L'AUTEUR

Susan Stoker est une auteure de best-sellers aux classements du New York Times, de USA Today et du Wall Street Journal. Elle a notamment écrit les séries Badge of Honor: Texas Heroes, SEAL of Protection et Delta Force Heroes. Mariée à un sous-officier de l'armée américaine à la retraite, Susan a vécu dans tous les États-Unis, du Missouri jusqu'en Californie en passant par le Colorado, et elle habite actuellement sous le vaste ciel du Tennessee. Fervente adepte des fins heureuses, Susan aime écrire des romans où les sentiments laissent place au grand amour.

http://www.StokerAces.com

facebook.com/authorsusanstoker

twitter.com/Susan_Stoker

instagram.com/authorsusanstoker

goodreads.com/SusanStoker

.